TARO 'NÔL

Mae Tom Palmer yn ffan pêl-droed ac yn awdur. Doedd e ddim yn rhy hoff o fynd i'r ysgol. Ond unwaith iddo ddechrau darllen am bêl-droed – mewn papurau newydd, cylchgronau a llyfrau – fe benderfynodd mai awdur pêl-droed oedd e am fod yn fwy na dim yn y byd.

Mae Tom yn byw mewn tref yn Swydd Efrog o'r enw Todmorden gyda'i wraig a'i ferch. Y stadiwm gorau iddo ymweld ag e erioed yw Santiago Bernabéu lle mae Real Madrid a Gareth Bale yn chwarae.

Cewch ragor o wybodaeth am Tom ar ei wefan tompalmer.co.uk

TOM **PALMER**

TARO 'NÔL

Lluniau
Brian Williamson

Addasiad
Mari George

Gomer

I David Luxton, asiant llenyddol athrylithgar
a ffan o Leeds

Cyhoeddwyd gyntaf yng Nghymru yn 2016 gan
Wasg Gomer, Llandysul, Ceredigion SA44 4JL
www.gomer.co.uk

Cyhoeddwyd gyntaf ym Mhrydain yn 2009 gan Puffin Books Ltd,
80 Strand, Llundain WC2R 0RL
dan y teitl *Football Academy: Striking Out*

ISBN 978 1 78562 167 3

Dymuna'r cyhoeddwyr gydnabod cymorth ariannol
Cyngor Llyfrau Cymru.

Argraffwyd a rhwymwyd yng Nghymru gan Wasg Gomer,
Llandysul, Ceredigion SA44 4JL

Cynnwys

Y Sgoriwr Gorau

Daliodd Yunis y bêl gyda'i droed chwith ac edrychodd i fyny.

Roedd eiliad ganddo i benderfynu: chwarae'r bêl 'nôl i Gwilym neu trio mynd heibio'r gôl-geidwad a hanner yr amddiffynwyr.

Roedd e wedi bod yn ymarfer allan yn yr ardd – pan oedd ei dad ddim adre. O ddal y bêl gyda'i droed ar yr ongl iawn roedd e'n gallu'i saethu dros y lein ddillad at do'r sied a'i chael i lanio 'nôl wrth ei draed.

1

Nawr, dyma'i gyfle i wneud hynny mewn gêm go iawn.

Cyn i'r gwrthwynebydd cyntaf gyrraedd ato daliodd y bêl yn llonydd gyda blaen ei esgid. Yna, ciciodd hi i'r awyr yn sydyn a daeth i lawr yn slic, heibio i bawb. Ysgydwodd y rhwyd wrth i'r bêl daro cefn y gôl. Doedd y gôl-geidwad ddim wedi ffwdanu symud gan nad oedd llawer y gallai fod wedi'i wneud. Roedd Yunis wedi sgorio'r gôl orau erioed, a'r drydedd heddiw i Gaerdydd yn y gêm. Roedd ar dân!

Gwilym oedd y cyntaf i'w longyfarch drwy neidio ar ei gefn. Yna rhedodd Cai a James ato. Roedd breichiau'n ei gofleidio a dwylo'n mwytho'i ben. Daeth hyd yn oed Craig draw a'i daro ar ei gefn. Roedd hynny'n syrprèis gan fod Craig yn chwaraewr nad oedd Yunis wedi dod i'w adnabod yn dda iawn eto. Bachgen tawel oedd e

a doedd e ddim wir yn cymysgu gyda'r lleill.
Ond doedd Yunis ddim yn dawel ar y cae.
Bryd hynny roedd hi'n amhosib ei golli – er
weithiau, roedd yn mynd dros ben llestri â'i
daclo caled.

Roedd pawb yn siarad ag Yunis ar yr
un pryd.

'Ffantastig.'

'Gwych.'

'Gôl anhygoel.'

Torrodd Yunis yn rhydd o'r criw ac edrych ar rieni'r chwaraewyr yn sefyll mewn rhes ar hyd yr ystlys. Roedden nhw i gyd yn curo'u dwylo. Hyd yn oed rhieni tîm Wigan.

Hon oedd pedwaredd gêm tîm dan ddeuddeg yr Adar Gleision.

Roedd y tymor wedi dechrau'n wael gan iddyn nhw golli'r ddwy gêm gyntaf. Roedd tri chwaraewr newydd yn y tîm eleni, ac roedd hi wedi cymryd ychydig bach o amser iddyn nhw ddod yn gyfarwydd â'i gilydd. Yunis oedd un o'r chwaraewyr newydd hynny ynghyd â Gwilym a Wil. Dyma'u tymor cyntaf gyda chlwb yn y prif gynghrair ac roedd wedi cymryd amser iddyn nhw setlo.

Ond aeth Caerdydd i Stadiwm Liberty ar gyfer y drydedd gêm gan ennill o bedair gôl i ddim yn erbyn Abertawe, a nawr

roedden nhw'n chwarae'n dda iawn yn erbyn
Wigan hefyd.

Roedd y sgôr yn bum gôl i un ac erbyn
hyn, roedd Yunis wedi sgorio wyth gôl ers
dechrau'r tymor hwn.

Doedd e ddim yn gallu credu'i fod e mor
llwyddiannus.

Y peth cyntaf y byddai'n ei wneud bob
tro wrth gyrraedd yr Academi ar ddydd
Sul fyddai chwilio am ei enw ar daflen y
tîm oedd wedi'i gosod ar y wal. A bob tro,

hyd yn hyn, roedd y geiriau Yunis Khan i'w gweld gyferbyn â chrys rhif 9.

Ond er bod cymaint o bethau da'n digwydd iddo ar hyn o bryd, doedd Yunis ddim yn hollol hapus, a hynny am un rheswm. Bob tro y byddai'n edrych ar y rhes o rieni'n curo dwylo ac yn gweiddi o achos ei fod e wedi sgorio, roedd yn ymwybodol fod un set o rieni ar goll.

Ei rieni e.

Roedd hi fel hyn bob tro: doedd mam a thad Yunis byth yn dod i'w wylio'n chwarae. Ond doedd hynny ddim yn mynd i'w rwystro. Os unrhyw beth, po fwyaf trist roedd e, y gorau roedd e'n chwarae.

Bum munud yn ddiweddarach, gwelodd Yunis ei ffrind, Gwilym, yn cicio'r bêl at yr asgell. Roedd e'n gwybod beth fyddai'n digwydd nesaf. Roedden nhw wedi trafod hyn ac wedi ymarfer y symudiad, felly rhedodd Yunis at yr asgell bellaf gan gadw llygad ar y gwrthwynebydd olaf, oedd dri deg metr i ffwrdd.

Ciciodd Gwilym y bêl at Cai ac yn hollol reddfol, fe basiodd hwnnw hi 'nôl i lwybr Gwilym gydag un cyffyrddiad clyfar. Rhedodd ar garlam gan gadw rheolaeth lwyr o'r bêl a chyrraedd y cwrt cosbi ar ras.

Sylweddolodd Gwilym rywsut y byddai Yunis yn rhedeg tuag at y postyn pellaf, gan golli ei elyn yn hawdd. A dyna'n union a ddigwyddodd. Croesodd y bêl yn gywir i'w gyfeiriad a pheniodd Yunis yn galed a chywir i gornel y rhwyd.

Gôl.

Chwech – un.

Roedd chwaraewr Wigan ar y llawr eto.

Ac roedd rhieni Caerdydd i gyd yn gweiddi a chymeradwyo.

Dianc

Gwelodd Yunis y dyfarnwr yn edrych
ar ei oriawr ac yn tynnu'i chwiban
allan. Roedd e'n barod am ddiwedd
y gêm ac yn bwriadu gadael y cae yn gyflym.

Chwythodd y chwiban dair gwaith wrth
i'r rhieni ddechrau curo dwylo eto. Roedd
ennill ddwy waith ar ôl ei gilydd yn gamp.
Roedd pethau'n mynd yn dda iawn i dîm dan
ddeuddeg yr Academi. *Ac* i Yunis.

Edrychodd Yunis ar y rhieni – pob un
yn cerdded tuag at eu meibion. Galwodd
tad Gwilym Yunis draw. Cododd Yunis

ei law arno'n gwrtais gan ddal ati i gerdded.
Roedd e'n falch fod tad Gwilym wedi
ceisio'i longyfarch, ond roedd Yunis eisiau
cyrraedd y stafell newid cyn gynted ag y
gallai. Byddai wedi mwynhau derbyn clod
wrth y cefnogwyr i gyd. Ond roedd y ffaith
nad oedd ei dad yno – yn wahanol i dad
pawb arall – yn gwneud iddo deimlo'n
drist.

Roedd e jyst eisiau dianc.

Wrth iddo gerdded i ffwrdd, dim ond dau berson oedd o'i flaen: James a'i dad.

Roedd tad James, Jac Cunningham, yn gyn-chwaraewr i Gaerdydd ac wedi chwarae i Gymru.

James oedd yr unig chwaraewr yn Academi Caerdydd oedd yn fab i chwaraewr rhyngwladol. Roedd rhai tadau eraill wedi chwarae mewn cynghreiriau is ac roedd ambell daid yn adnabyddus hefyd, ond tad James oedd y mwyaf enwog. Roedd e wedi cynrychioli ei wlad ddwy ar bymtheg o weithiau. A fe hefyd oedd yr ail chwaraewr croen tywyll i chwarae dros Gymru erioed.

Gwelodd Yunis fod tad James yn siarad yn brysur â'i fab. Roedd e'n ei hyfforddi gartre, roedd hynny'n amlwg. Gallai Yunis ddychmygu beth oedd e'n ei ddweud wrtho. Ei ganmol am ei gêm dda, siŵr o fod,

a nodi'r pethau y gallai weithio arnyn nhw er mwyn gwella eto fel chwaraewr.

Arafodd Yunis ei gam fel nad oedd rhaid iddo gerdded gyda nhw. Roedd rhaid iddo gyfaddef ei fod yn genfigennus. Yn hynod genfigennus.

Roedd Yunis bron â chyrraedd y stafell newid pan glywodd lais y tu ôl iddo. Llais Craig.

Dal i gerdded wnaeth Yunis. Doedd e ddim yn disgwyl clywed llais Craig o gwbwl – llais Gwilym neu Wil efallai, ond nid llais Craig. Roedd e'n gwybod y byddai Craig gyda'i dad, fel arfer. Roedd ei berthynas e a'i dad yn un roedd Yunis yn eiddigeddus ohoni.

'Yunis? Yunis?!' gwaeddodd Craig eto.

Os oes rhywun yn galw dy enw mae'n rhaid i ti eu hateb nhw. Dyna beth oedd ei dad yn dweud wrtho o hyd. *Byddai'n anghwrtais anwybyddu rhywun.*

Felly trodd Yunis at Craig a'i dad a gwenu. Synnodd wrth weld pa mor debyg i'w gilydd oedd y ddau – yn dal a chanddyn nhw ysgwyddau llydan a gwallt blêr. Cofiodd Yunis glywed Gwilym yn sôn am deulu Craig. Roedden nhw i gyd yn edrych yn debyg.

'Da iawn, Yunis,' meddai'r dyn. 'Wnes di chwarae'n wych heddi. O'dd y drydedd

gôl 'na, pan aeth y bêl heibio'r gôl-geidwad,
yn anhygoel. Sut wnes di hynny?'

Gwenodd Yunis a chodi'i ysgwyddau.

'Ydy dy dad yma? Neu dy fam?' holodd
tad Craig gan edrych 'nôl ar y dorf o rieni
a chwaraewyr yn dod i'w cyfeiriad ar draws
y caeau. 'Fydde nhw ddim eisiau colli gêm
fel 'na . . .'

'Na'dyn,' meddai Yunis. 'Dy'n nhw . . .'

'Dy'n nhw byth yma,' meddai Craig, 'ydyn nhw, Yunis?'

Yr eiliad y siaradodd Craig, teimlodd Yunis wres yn ei ben – fel pe bai rhywbeth yn pwyso arno. Roedd e'n meddwl yn siŵr fod Craig yn chwerthin am ei ben a doedd e ddim eisiau clywed rhagor. Felly, trodd ei gefn a cherdded i ffwrdd.

Byddai ei dad wedi bod yn gandryll. *Paid byth â throi dy gefn ar rywun sy'n siarad â ti.*

Ond roedd Yunis wedi cael llond bol ar reolau ei dad. Roedd e'n teimlo'n ddigon gwael fel oedd hi a'r peth gwaethaf oedd ei fod yn dal yn gallu clywed Craig a'i dad yn siarad.

'Beth sy'n bod arno fe?'

'Mae e'n . . .' Aeth Yunis yn ei flaen heb aros i wrando beth ddywedodd Craig wedyn.

Cerddodd Yunis yn gyflymach. Roedd e'n teimlo'n grac, yn ddryslyd ac yn unig. Ac roedd e'n casáu pawb a phopeth.

Dydd Sul 16 Hydref
Caerdydd 6 Wigan 1
Goliau: Yunis (4), Gwilym, Wil
Cardiau melyn: Craig

Marciau allan o ddeg i bob chwaraewr gan
reolwr y tîm dan ddeuddeg:

Tomas	6
Connor	6
James	7
Ryan	7
Craig	6
Cai	6
Sam	7
Wil	7
Gwilym	8
Yunis	10
Ben	7

Chwarae Da

'**W**yt ti'n iawn?'

Gwilym oedd yno. Eisteddodd wrth ochr Yunis yn y stafell newid. Roedd Yunis bron â gorffen newid.

O'r holl fechgyn yn yr Academi, Gwilym oedd Yunis yn ei adnabod orau. Roedden nhw wedi cwrdd yn y treialon ar gyfer y tîm dan ddeuddeg yn gynharach yn y tymor gan ddod yn ffrindiau yn syth. Ar y cae ac oddi arno.

'Ydw. Dwi'n iawn,' meddai Yunis gan wenu ar ei ffrind.

'Wnes di chwarae'n dda heddi. O'dd y
gôl ola 'na'n grêt.'

'Ti grëodd y tair arall,' meddai Yunis.
'Felly i ti mae'r diolch.'

'Diolch,' meddai Gwilym. 'Pam na
arhoses di ar y cae? Roedd pawb yn dy
ganmol di ar ôl y gêm. Hyd yn oed rheolwr
Wigan. Dwi'n credu'i fod e am dy ddwyn di.'

Gwenodd Yunis, heb ddweud gair.

Ddywedodd Gwilym ddim gair chwaith am funud.

'Dy dad sydd ar dy feddwl di, ontefe?' holodd Gwilym yn y man.

'Beth?' meddai Yunis.

'Ti'n grac â dy dad.'

'Dwi'n iawn.'

'Nag wyt,' meddai Gwilym. 'Mae rhywbeth yn bod.'

'Ers pryd wyt ti wedi gallu darllen meddyliau?' meddai Yunis. 'Ro'n i'n meddwl fod pêl-droedwyr i fod yn dwp.'

Chwerthin wnaeth Gwilym.

Roedd Yunis yn teimlo'n ddigon cyfforddus yn trafod gyda'i ffrind. 'Dyw e byth yma,' meddai Yunis. 'Ac mae e'n sôn o hyd gymaint mae e'n casáu pêl-droed . . . a dyw Mam byth yn dod chwaith – achos ei bod hi'n gwybod gymaint mae Dad yn erbyn y peth.'

'Falle y bydd e'n newid ei feddwl,' meddai Gwilym.

'Na.' Daeth yr hen deimlad hwnnw i ben Yunis unwaith eto. Cadwodd ei lais yn isel. 'Ti ddim yn deall. Dy dad di yw un o'r tadau gorau yn y byd. Dyw 'nhad i ddim cystal. Dychmyga os na fyddai dy dad di yno i ddweud pa mor dda oeddet ti wedi chwarae. Hyd yn oed petai'n dy feirniadu di. Bydden i'n hapus hyd yn oed o weld Dad yma'n dweud wrtha i 'mod i wedi chwarae'n wael. O leia fydden i'n hapusach na hyn.'

Ond doedd Gwilym ddim yn gwrando rhagor. Roedd e'n edrych tuag ochr arall y stafell lle roedd dadl wedi dechrau rhwng rhai o'r chwaraewyr eraill.

Edrychodd Yunis draw hefyd i weld beth oedd yr holl sŵn.

Roedd Ryan wrthi eto'n pigo ar Tomas. Er mai Ryan oedd capten y tîm, gallai fod

yn dipyn o fwli ar adegau. Roedd Gwilym
wedi dadlau gydag e ar ddechrau'r tymor
ond roedden nhw'n fwy o ffrindiau erbyn
hyn. Ond roedd pigo ar Tomas, gôl-geidwad
Caerdydd, yn arfer cyson gan Ryan, a hynny
am mai un o Wlad Pwyl oedd e.

'Ond ddylet ti fod yn cefnogi Cymru . . .'

'Dwi wedi dweud wrthot ti. Gwlad Pwyl
yw fy ngwlad i.'

Chwerthin wnaeth Ryan. 'Ond mae Cymru'n well tîm.'

Roedd Tomas yn dechrau mynd yn grac. Poeni am beth allai ddigwydd nesaf oedd Yunis. Beth petai Tomas yn bwrw Ryan? Ond a dweud y gwir, roedd Yunis mor grac â'r sefyllfa – ar ben popeth arall – nes ei fod e'n teimlo fel bwrw Ryan ei hunan. Roedd e ar fin codi a dweud wrtho am roi'r gorau i'r holl herio pan ddaeth Phil Richards, rheolwr y tîm dan ddeuddeg, i mewn i'r stafell newid.

Stopiodd Ryan bigo ar Tomas yn syth.

Dyn cymharol dal a chanddo wallt tywyll, blêr, a llais mawr, dwfn oedd Phil. Er bod y rhan fwyaf o'r bechgyn yn ei hoffi, doedd neb yn mentro camymddwyn pan oedd e o gwmpas y lle.

'Bois bach,' meddai Phil. 'Dyna beth oedd gêm wych. Diolch. Wnes i wir fwynhau'r perfformiad yna.'

Roedd meinciau ar hyd tair wal yn y stafell newid, a dyna lle roedd y bechgyn yn eistedd, yn wynebu ei gilydd. Ar hyd y wal arall roedd y cawodydd. Roedd pawb yn edrych yn ddifrifol – yn gwrando ar eiriau Phil ac yn ceisio gwneud eu gorau i ddeall popeth. Daeth gwên i wyneb ambell un; roedd cael canmoliaeth yn deimlad braf. Yn enwedig gan Phil. Ac fe wnaeth e hyd yn oed ddiolch iddyn nhw!

'Yunis. Pedair gôl! Ffantastic! A dweud

y gwir, fe wnaeth bawb yn y blaen ac yn y canol yn arbennig o dda. Ydy'r symudiadau a'r pasio yna wnaethon ni'r wythnos ddiwetha'n gwneud synnwyr nawr?'

Nodiodd hanner y tîm eu pennau.

'Ac am yr amddiffyn. Chi oedd calon y tîm. Da iawn Ryan. A Tomas. Da iawn am arbed y goliau cynnar yna er mwyn ei gwneud hi'n bosib i ni ennill. Da iawn bob un ohonoch chi.'

Edrychodd Phil ar ei nodiadau.

'O ie, ro'n i eisiau atgoffa'r rheini ohonoch chi sy heb ddod 'nôl â'ch ffurflenni wedi'u harwyddo gan eich rieni, mai wythnos i ddydd Llun yw'r dyddiad cau ar gyfer cadarnhau lle ar y daith i Wlad Pwyl yn ystod hanner tymor.'

Edrychodd Yunis ar Tomas gan wenu. Roedd e'n gwybod y byddai Tomas wrth ei fodd yn cael mynd 'nôl i Wlad Pwyl.

Dechreuodd James a Cai chwilio yn eu bagiau am y ffurflenni caniatâd. Roedd hi'n amlwg eu bod nhw'n ysu am gael mynd gyda'r clwb i'r bencampwriaeth Ewropeaidd a chystadlu'n erbyn tîmau dan ddeuddeg o bob rhan o'r cyfandir. Gan gynnwys Real Madrid.

'Os na gai'r ffurflenni,' meddai Phil, 'yna chewch chi ddim dod. Mae hi mor syml â hynny. Os oes unrhyw un ohonoch chi eisiau trafod y daith, chi'n gwybod ble ydw i. Oce, ac un peth arall . . .'

Roedd Yunis wedi stopio gwrando ar weddill yr hyn oedd gan Phil i'w ddweud.

Doedd e ddim hyd yn oed wedi dangos y llythyr am y daith i Wlad Pwyl i'w fam a'i dad eto. Gwyliau ysgol neu beidio – prin oedd y gobaith y bydden nhw'n gadael iddo fynd. Doedd e ddim wedi dweud wrth Phil fod ganddo broblem ynglŷn â'r daith chwaith. Roedd e wedi anwybyddu'r peth. Ond byddai'n rhaid iddo wneud rhywbeth nawr.

A ddylai ddangos y llythyr i'w dad heno?

Beth oedd y pwynt? Doedd dim gobaith caneri y byddai'n cael mynd!

Gwirioneddau

'Pasia'r halen wnei di, Yunis, plis?'
Cododd Yunis y pot halen a'i
roi i'w dad.

'Diolch.'

Fel arfer, roedd tad Yunis wedi'i gasglu
o'r tu allan i gae hyfforddi Caerdydd ar ôl
sesiwn ymarfer nos Lun ac wedi dod ag e
adref. Roedd hi'n amser swper erbyn hyn
a'r teledu wedi'i ddiffodd dros amser bwyd.
Dewis ei dad oedd hynny, wrth gwrs.

Yn y stafell gefn y byddai'r teulu'n
bwyta'u swper. Roedd y lle'n gyfyng, er mai

dim ond bwrdd a phedair cadair oedd yno ynghyd â dresel fawr ar hyd y wal waelod ac arni blatiau a lluniau teuluol.

Roedd Yunis yn gwybod fod y rhan fwyaf o'i ffrindiau'n bwyta'u swper o flaen y teledu, ond roedd ei dad e'n mynnu eu bod yn bwyta fel teulu. Bob nos.

'Ges di ddiwrnod da yn yr ysgol, Jasminder?' gofynnodd ei fam i chwaer Yunis.

'Do, diolch. Ysgrifennon ni stori yn Saesneg. Dywedodd Miss Page fod fy ngwaith i'n dda.'

Eistedd yn dawel roedd Yunis. Roedd e'n teimlo'n grac â'i rieni. A'i chwaer, a dweud y gwir. Roedd yr amser swper yma lle roedden nhw i fod i sgwrsio â'i gilydd yn mynd ar ei nerfau. Dyna lle roedden nhw'n *esgus* eu bod nhw'n deulu bach hapus, ond roedd y ffaith nad oedd ei fam na'i dad byth yn dod i'w wylio'n chwarae i Gaerdydd yn gwasgu ar Yunis. A dweud y gwir, roedd e'n torri'i galon.

'Da iawn, cariad,' meddai ei fam. 'A beth amdanat ti, Yunis? Beth wnes di heddi?'

'Ysgol,' meddai Yunis. 'Wedyn ymarfer pêl-droed.' Ystyriodd ddangos llythyr Gwlad Pwyl i'w fam, ond a oedd pwynt?

'A beth *wnes* di yn yr ysgol, Yunis?' gofynnodd ei dad.

'Maths. Cemeg. A Ffrangeg.'

Roedd Yunis yn gwybod mai mater o
amser oedd hi tan fod ei atebion swta'n codi
gwrychyn ei dad ac yn arwain at ddadl. Dyna
sut oedd pethau wedi bod yn ddiweddar.
Felly heddiw, fe benderfynodd dechrau
corddi o ddifri.

'Dad?'

'Ie.'

'Plis wnei di ddod i'r Academi i 'ngwylio
i'n chwarae pêl-droed?'

Rhoddodd tad Yunis ei gyllell a'i fforc i
lawr yn araf. Edrychodd ar Yunis ac oedi.

'Ry'n ni wedi trafod hyn.'

'Ond dwi eisiau i ti ddod. Dim ond *unwaith*. Mae tadau pawb arall yno. Maen nhw . . .'

'Wnes di'n dda heddiw?' gofynnodd ei fam.

Sylweddolodd Yunis mai ceisio tawelu'r dyfroedd roedd ei fam.

'Mae Phil, y rheolwr, yn dweud ei fod yn hapus iawn â'r tim. Enillon ni o chwe gôl i un ddoe. A fi sgoriodd bedair ohonyn nhw.'

'Da iawn,' meddai ei dad. Roedd e'n amlwg yn grac nawr ac yn anwybyddu'r ffaith fod Yunis wedi cael ei gêm orau erioed yng nghrys Caerdydd.

'Ond sut wnes di yn dy wersi Mathemateg, Cemeg a Ffrangeg? Ddim cystal. Doedd dy farciau'r tro diwetha ddim mor uchel ag oedden nhw cyn i ti ddechrau chware pêl-droed yn y lle 'na. Dwi wedi bod yn siarad â'r athrawon.'

Gwgodd Yunis. Edrychodd yn gas ar
ei chwaer, oedd fel petai'n mwynhau hyn
i gyd.

'Dwi ddim yn hapus o gwbwl,' meddai ei
dad. 'Pryd wyt ti'n gwneud dy waith cartref?
Ti'n gadael yr ysgol am hanner awr wedi tri,
on'd wyt ti?'

'Tri,' meddai Yunis.

'Ond dwyt ti ddim yn gorffen pêl-droed
tan wyth?'

'Na.'

'Am wastraff amser. Dwy noson yr
wythnos a dydd Sul. Ddywedes ti na fyddai
dy waith ysgol di'n diodde.'

'Dwi'n gweithio ar ôl cyrraedd yr
Academi. Bob cyfle dwi'n 'i gael,' meddai
Yunis.

'Ie, mewn coridor. Ar fainc tu allan
yn rhywle tra bod dynion mewn 'sgidie
pêl-droed swnllyd yn cerdded 'nôl a mlaen

ac yn cadw sŵn. Mae eisiau bwrdd a llonydd arnat ti.'

'Dwi'n ceisio gwneud yr amser i fyny ar y dyddiau eraill.'

'Wyt, mi wyt ti'n trio. Ond rwyt ti wastad ar ei hôl hi. Dyna ddwedodd dy athrawes di wrtha i, ta beth.'

Edrychodd Yunis ar ei fam. *Pam na fyddai hi'n ei amddiffyn?* Ond y cwbwl wnaeth hi oedd edrych i lawr ar ei phlat.

'Dwi'n poeni, Yunis, mae'n rhaid i fi gyfadde. Fydda i'n cadw llygad arnot ti ac os na newidith dy ganlyniadau di yn yr ysgol – os na ddywedith Mrs John wrtha i fod gwelliant – bydd rhaid i fi feddwl am dy dynnu di o'r Academi.'

Teimlodd Yunis y gwaed yn llifo i'w ben. 'Ond ddywedes ti y gallen i fod yna am flwyddyn.' Sylweddolodd ei fod yn gweiddi. 'I weld sut fyddai pethau'n mynd.'

Edrychodd ar ei fam eto.

'Dim ond os nad oedd dy waith ysgol di'n diodde,' meddai ei dad. 'Ac mae e'n diodde.'

Plygodd Yunis ei ben mewn siom. Roedd cymaint o bethau ganddo i'w dweud ond doedd dim pwynt. Roedd ei dad yn casáu pêl-droed ac yn casáu'r ffaith ei fod yn chwarae i'r Academi. Roedd e'n chwilio am esgus i orfodi Yunis i roi'r gorau iddi.

Cyffyrddodd â'r llythyr oddi wrth Phil yn ei boced. Sylweddolodd ei fod yn wirion i feddwl y byddai ei fam neu ei dad byth mewn hwyliau digon da iddo allu ei ddangos iddyn nhw.

Roedd pob math o feddyliau'n gwibio trwy ben Yunis. Meddyliodd am y bechgyn eraill yn cael eu cofleidio gan eu tadau ar ddiwedd gêm. Teimlai'n ddryslyd ac roedd e eisiau gweiddi hyd yn oed yn uwch ar ei dad.

Yna daeth y cwbwl allan.

'Tasech chi'n meddwl rhywbeth amdana i fyddech chi'n gadael i fi gario mlaen i chwarae gyda Chaerdydd o wybod mai dyna beth dwi wastad wedi bod eisiau gwneud. Ond dy'ch chi ddim yn poeni o gwbwl, mae'n amlwg.'

Pêl-droed neu Ysgol

Roedd tad Yunis yn dawel am amser hir. Rhy hir.

Roedd pethau'n haws pan oedd e'n gweiddi. Edrychodd ei fam a Jasminder ar ei gilydd ond nid ar Yunis.

Edrychodd *neb* ar Yunis. Ddim hyd yn oed ei dad pan ddechreuodd siarad, o'r diwedd.

'Wyt ti'n gwybod beth yw'r peth pwysicaf yn y byd?' holodd ei dad mewn llais oedd mor dawel nes ei fod yn codi ofn ar Yunis.

Ddywedodd Yunis ddim gair. Doedd

rhain ddim yn gwestiynau roedd e i fod
i'w hateb.

'Addysg,' meddai ei dad gan edrych ar
Yunis o'r diwedd.

'Sut wyt ti'n meddwl wnaethon ni
fforddio'r tŷ ma?' holodd ei dad eto.
'Y car dwi'n dy yrru di o gwmpas ynddo?
Y gwyliau? Dy ddillad di? Dy bethau di?'
Roedd ei lais yn dal yn dawel.

Eto, doedd dim angen ateb. Ac roedd
Yunis yn gwybod yr ateb beth bynnag.

'Addysg,' meddai ei dad. 'Fy addysg i. Doedd gan dy fam-gu a dy dad-cu braidd ddim. Ond beth *oedd* ganddyn nhw oedd y wybodaeth y dylen nhw fod yn rhoi addysg dda i fi a 'mrawd.'

'Dwi'n gwybod,' meddai Yunis. 'A dwi'n hoffi'r ysgol. Dwi eisiau cael addysg.'

Gwthiodd tad Yunis ei swper, oedd heb ei orffen, o'r neilltu a phwyso tuag at ei fab.

'Mae'r pêl-droed yma'n mynd â gormod o dy amser di. Dwi'n casáu pêl-droed. Ti'n gwybod hynny. Ond dwi wir yn hapus ei fod e'n dy wneud di'n hapus achos – er dy fod ti'n credu nad ydw i'n poeni – dwi *yn* poeni amdanat ti. Ac *achos* 'mod i'n poeni amdanat ti . . .'

Gwyliodd Yunis ei dad yn meddwl, yn edrych i lawr ar ei ddwylo ac yna'n cymryd llwnc o'i ddŵr.

'Mae pêl-droed yn hwyl,' meddai ei dad

yn y man. 'Ond faint o chwaraewyr sy'n
llwyddo i droi'n broffesiynol?'

'Dim llawer,' meddai Yunis yn dawel.

'A dyna pam dwi'n poeni amdanat ti.
Dy ddyfodol di. Mae angen addysg arnat ti'n
gynta. Wedyn, os oes amser, gei di chwarae
pêl-droed fel hwyl.'

'Galla i wneud y ddau beth,' meddai
Yunis.

'Alli di?'

'Galla. Addo.'

Syllodd ei dad yn syth i'w lygaid a chesiodd Yunis ddarllen ei feddwl. *Beth oedd e'n mynd i'w ddweud nesaf?* Allai e ddim dyfalu. Roedd yn amau fod popeth drosodd ac y byddai'n rhaid iddo adael yr Academi.

'Rown ni ragor o amser i bethau, Yunis,' meddai ei dad. 'Os, erbyn y Nadolig, nad wyt ti'n wedi gallu dal i fyny â dy waith yna, sori . . .'

Ochneidiodd Yunis.

Ar ôl hynny dechreuodd ei rieni siarad am hwn a'r llall wrth i Jasminder dynnu wynebau ar Yunis.

Ar y cyfle cyntaf, gadawodd Yunis y bwrdd. Roedd e eisiau mynd i'w stafell.

Cyfrinach Dad

A r ôl i'w rieni fynd i'r gwely trodd Yunis olau ei stafell wely ymlaen. Deg munud wedi deuddeg meddai'r cloc.

Tynnodd lyfr allan o'i fag ysgol a dechrau ei ddarllen. *Cerddi: Rhigymau a Sonedau*, T. H. Parry Williams.

Doedd e erioed wedi hoffi barddoniaeth. *Pam oedd rhaid iddo ddarllen cerddi gan rywun oedd wedi marw? Sut oedd e i fod i olygu unrhyw beth iddo fe?*

Dechreuodd ddarllen:

Mae'r cyrn yn mygu er pob awel groes,
A rhywun yno weithiau'n sgubo'r llawr
Ac agor y ffenestri, er nad oes
Neb yno'n byw ar ôl y chwalfa fawr.

Ceisiodd Yunis gofio beth oedd yr athrawes Gymraeg wedi dweud am y gerdd a'r holl bethau roedd e i fod i'w cofio amdani.

Ond allai e ddim cofio dim. Roedd ei feddwl yn ddryswch i gyd.

Roedd yr athrawes wedi dweud wrtho am ddarllen un linell ar y tro cyn darllen y nodiadau. Yna, darllen y cwbwl eto er mwyn ceisio deall y neges. Dyma ddechrau arni felly.

Hanner awr yn ddiweddarach – hanner ffordd drwy'r gerdd – clywodd Yunis sŵn.

Roedd rhywun yn symud y tu allan i ddrws ei stafell.

Diffoddodd y golau ac aros yn llonydd.

Agorodd drws y stafell a gwelodd Yunis ei fam yn sbecian i mewn. Ceisiodd yntau aros yn llonydd gan obeithio na fyddai hi'n sylwi arno'n eistedd fel delw wrth ei ddesg, yn lle bod yn cysgu yn ei wely.

'Yunis?' sibrydodd ei fam.

Ddywedodd Yunis ddim gair.

'Yunis. Ti'n codi ofn arna i. Beth ti'n neud?'

Gwasgodd fotwm ei lamp i'w chynnau. Dyna lle roedd ei fam yn syllu arno.

'Be sy'n digwydd?' sibrydodd. 'Mae hi bron yn un o'r gloch y bore. Methu cysgu wyt ti?'

'Darllen hwn ydw i.' Dangosodd Yunis y llyfr iddi.

Ochneidiodd ei fam. Sylweddolodd beth oedd ei mab yn ei wneud yng nghanol y nos.

'O, Yunis. Paid â gwneud hyn. Fyddi di wedi blino'n lân.'

Bum munud yn ddiweddarach roedd y ddau
i lawr yn y gegin – stafell fawr â phapur wal
melyn a dodrefn pren o gwmpas bwrdd a
phedair cadair. O'u blaenau roedd mwg o
siocled poeth yr un.

'Trio gwneud ei orau i ti mae dy dad, ti'n
gwybod . . .'

'Wrth gwrs, Mam, ond . . .'

'Ond ti eisiau bod yn bêl-droediwr?'

'Ydw.'

'Ond fel ddwedodd dy dad . . .'

'Dwi'n gwybod. Dwi'n gwybod nad yw'r
rhan fwyaf yn llwyddo, ond o leia mae cyfle gen
i.' Edrychodd Yunis ar ei fam. 'Dwi jyst ddim yn
deall. Mae e'n gallu gweld 'mod i'n trio 'ngorau
yn yr ysgol. Falle nad ydw i mor glyfar ag y
mae e'n meddwl ydw i. Ddim mor glyfar ag *e*.'

Suddodd ei fam i'w chadair. Edrychai'n
drist. *Ai dagrau oedd yn ei llygaid hi*,
meddyliodd Yunis.

'Alla i ddweud stori wrthot ti?' holodd.

'Wrth gwrs,' meddai Yunis, 'ond dim byd i 'neud â barddoniaeth, gobeithio.'

Gwenodd ei fam.

'Pan oedd dy dad yn fachgen ifanc, roedd e'n arfer mynd i wylio Caerdydd,' meddai.

'Beth? Dad? Ti'n jocan.'

'Na. Roedd e'n ffan mawr. Roedd ganddo bosteri ar ei wal, crysau'r tîm, sgarff, popeth. Roedd ganddo fe hoff chwaraewr hefyd, Jac Cunningham. A dweud y gwir, roedd e'n addoli'r Adar Gleision. Byddai'n eu dilyn nhw ar y teledu ac ar y radio, ond doedd dy dad-cu ddim yn hoffi'r ffaith ei fod yn mynd i'w gwylio nhw'n chwarae.'

'Felly pam mae e'n fy rhwystro i rhag chwarae?'

'Dyw e ddim, ydy e?' meddai ei fam.

Ddywedod Yunis ddim gair.

'Doedd dy dad-cu ddim yn hoffi'i weld

e'n mynd am ei fod e'n ofni'r gwaetha.

Roedd pêl-droed yn wahanol bryd hynny.

Doedd pobol fel ni ddim *wir* yn rhan o'r byd

hwnnw o gwbwl.'

'Fel ni?

'Dim ond pobol wyn oedd yn mynd i

wylio pêl-droed, fel arfer,' eglurodd ei fam.

Ochneidiodd Yunis. 'Felly . . . aeth

e byth i'r stadiwm i wylio Caerdydd yn

chwarae 'te?'

'Unwaith neu ddwy.' Pwysodd ei fam

ymlaen eto.

'Dwi ddim yn deall,' meddai Yunis.

'Wel, dyw e ddim wedi dweud erioed

wrtha i beth yn gwmws ddigwyddodd,'

meddai ei fam, 'ond fe roddodd e syniad i fi –

os ti'n gwybod beth dw i'n feddwl?'

'Roedd y ffans eraill yn hiliol tuag ato

fe?' dyfalodd Yunis.

'Ddim wir, na. Ond doedd y cefnogwyr

eraill byth yn gadael iddo deimlo fel ei fod
yn perthyn.'

'Felly stopiodd e fynd?'

'Ddim ar y dechrau,' meddai hithau.
'Ond yn y diwedd, do – a mynd 'nôl i wylio'r
gêmau ar y teledu a gwrando ar y radio.'

'Faint oedd ei oed e?'

'Un ar bymtheg.'

Teimlai Yunis yn rhyfedd. Doedd e
erioed wedi meddwl am ei dad fel bachgen
ifanc. Ei adnabod fel y dyn oedd yn dweud
wrtho beth i'w wneud drwy'r amser oedd e.

Yn sydyn, teimlai biti dros ei dad.

'Ers hynny,' meddai ei fam, 'mae e wedi
bod yn ddrwgdybus o bêl-droed. Ti'n gallu
gweld – dwi'n siŵr – pam ei fod e'n meddwl
fod dy addysg di'n bwysicach na hynny
i gyd.'

Chwaraewr y Tîm Cyntaf

Roedd Yunis wedi blino'n lân y bore wedyn.

Ar ôl siarad â'i fam roedd hi'n tynnu am 2.30 y bore erbyn iddo fynd i gysgu. Yna roedd rhaid iddo godi am ddeg munud i saith i fynd i'r ysgol.

Wrth eistedd yn y dosbarth roedd e'n ei chael hi'n amhosib gwrando ar yr athro'n siarad. Trafod sut mae gwaed yn symud o gwmpas y corff oedd e, ond roedd y geiriau'n

swnio fel iaith estron: *vena cava, rhydweliau ysgyfeiniol, platenau* . . .

Y cwbwl y gallai Yunis feddwl amdano oedd fod ei dad yn arfer cefnogi Adar Gleision Caerdydd. Allai e ddim credu'r peth. Syllodd allan drwy'r ffenest gan ystyried sut oedd ei dad wedi llwyddo i gadw hynny'n gyfrinach. Roedd Yunis wedi cefnogi Caerdydd ers ei fod yn chwe mlwydd oed. Ac hyd yn oed nawr, ac yntau'n chwarae iddyn nhw, doedd ei dad ddim wedi sôn gair.

Ar ddiwedd y wers, gofynnodd Mr Brychan am gael gair gydag Yunis. Roedd Mr Brychan yn athro iawn. Doedd e byth yn gweiddi na bygwth. *Eisiau trafod ei waith ysgol oedd e siŵr o fod*, meddyliodd Yunis.

'Ydy popeth yn iawn?' gofynnodd Mr Brychan. 'Sylwes i dy fod ti'n edrych braidd yn ofidus heddi.'

'Sori, syr. Wnes i ddim cysgu neithiwr.'

'Popeth yn iawn adre?'

Gan fod Mr Brychan yn gofyn, teimlai Yunis fel dweud rhywbeth wrtho. Ond a fyddai eisiau gwrando ar y stori am ei dad, y pêl-droed, ei farciau ysgol? Roedd Yunis bron â dechrau dweud, ond yna penderfynodd beidio. Beth allai Mr Brychan ei wneud i helpu beth bynnag?

'Mae popeth yn iawn, syr,' atebodd Yunis.

'Wel ti'n gwybod ble ydw i os wyt ti eisiau siarad, Yunis.'

Rhoddodd Mr Brychan daflen iddo – llun du a gwyn o gorff a chalon a gwythiennau y tu fewn iddi.

'Iawn, syr.'

'A dyma dy waith cartre di. Dwi ddim yn gwybod os wnes di glywed pan o'n i'n dweud wrth y lleill: mae'n rhaid i ti liwio hwn i mewn. Coch i'r rhydwelïau a glas ar gyfer y gwythiennau.

'Diolch, syr,' meddai Yunis ac yna cerddodd allan i'r corridor i ganol ton o ddisgyblion oedd yn gwthio'u ffordd i'w gwers nesaf.

Y diwrnod canlynol, roedd Yunis yn eistedd mewn corridor yn Academi Caerdydd wrth ochr allanfa dân, yn lliwio'r daflen roedd Mr Brychan wedi'i rhoi iddo. Roedd e wedi

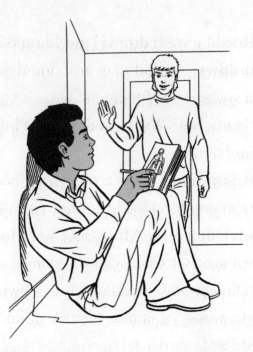

benthyg llyfr o'r enw *Y Corff* o lyfrgell yr
ysgol i'w helpu gan ei fod wedi blino gormod
i wrando yn y wers.

Eistedd ar y llawr caled roedd e. Doedd e
ddim yn gyffyrddus o gwbwl am fod awel yn
dod trwy'r allanfa dân. Roedd Yunis wrthi'n
lliwio'r daflen waith cartref pan glywodd
sŵn traed.

Roedd e wedi disgwyl gweld un o'r hyfforddwyr yn dod tuag ato, ond dyn mewn jîns a siwmper oedd yno.

'Iawn, boi? Wyt ti wedi gweld Phil? Phil Richards?'

Amneidiodd Yunis a phwyntio 'nôl i fyny'r corridor. Doedd e ddim yn gallu siarad. Ddim â Joe Morgan. Y Joe Morgan, sef prif sgoriwr Caerdydd a Chymru.

'Diolch, boi,' meddai'r chwaraewr. 'Ddylet ti fod yn ofalus. Neith e ddim lles i ti eistedd ar lawr oer fel 'na.'

Gwrandawodd Yunis ar sŵn traed Joe Morgan yn diflannu i'r pellter. Yna clywodd sŵn traed eto. Dechreuodd baratoi ei hunan i gael sgwrs arall â'r chwaraewr enwog.

Nid Joe Morgan oedd yno y tro hwn, ond Craig. Roedd gan hwnnw lyfr ysgol dan ei fraich hefyd. Fe welodd e Yunis a dweud helô. Nodiodd Yunis ei ben, heb wenu.

'Beth wyt ti'n neud fan hyn?' holodd Craig.

'Dim byd.'

'Wir?' meddai Craig.

'Dyw e'n ddim byd i neud â ti,' meddai Yunis.

Edrychodd Craig arno a dweud rhywbeth dan ei anadl.

'Beth ddwedes di?' holodd Yunis gan wthio'i hunan i'w draed.

'Wedes i . . .' meddai Craig cyn camu 'nôl. 'Anghofia fe. Doedd e ddim yn bwysig.'

Clywodd Yunis sŵn traed Craig yn diflannu, yna edrychodd i lawr ar ei waith Bioleg gan wgu. Roedd e'n methu'n lân â chanolbwyntio.

Yn y Bocs

Roedd hi'n bwrw glaw erbyn iddyn nhw ddechrau ymarfer ac Yunis yn gallu teimlo'r diferion dŵr yn oer yn erbyn ei goesau.

Ar ôl iddyn nhw gynhesu – rhedeg o gwmpas y cae dair gwaith, rhedeg mlaen, 'nôl ac i'r ochr – gosododd Phil nhw mewn grwpiau.

Roedd pedwar bocs yn mesur pedair metr sgwâr wedi'u paentio'n wyn ar y borfa. Roedd gan bob grŵp o bedwar bachgen focs.

'Reit 'te, bois,' meddai Phil. 'Dyma'r

drefn. Mae'n rhaid i dri ohonoch chi gadw'r bêl. Mae'n rhaid i'r llall ddwyn y bêl oddi arnoch chi. Pwy bynnag sy'n colli'r bêl sydd yn y canol nesaf. Rhaid i chi aros yn y bocs a pheidio gadael i'r bêl fynd allan ohono. Deg munud. Iawn?'

Nodiodd y bechgyn i ddangos eu bod yn deall.

'Y gamp yw defnyddio'r lle sydd yna. Defnyddiwch eich dwy droed a phasiwch yn gyflym ac yn agos i'ch gilydd i gadw rheolaeth ar y bêl. Iawn?'

Gyda Ryan, Sam a James roedd Yunis.
Cynigiodd Sam fynd i'r canol yn gyntaf ac
aeth ati'n syth i rasio o gwmpas y bocs gan
neidio o flaen y bêl. Yn sydyn, gadawodd
Yunis i'r bêl lithro allan o'r bocs.

Gwenodd Sam.

'Reit, Yunis. Ti sydd yn y canol,' meddai
Phil.

Gallai Yunis glywed chwerthin a gweiddi
o'r tri bocs arall wrth iddo geisio cael y bêl
oddi ar y chwaraewyr eraill yn ei focs e. Ond
doedd e ddim yn gallu mynd yn agos atyn nhw.

Rhedodd at Sam ac yna James, ond neidion
nhw allan o'i ffordd a phasio'r bêl heibio iddo.
Dechreuodd Yunis deimlo'n rhwystredig.

Chwerthin oedd Ryan. 'Ti'n arafach na
Mam-gu, Yunis, a ma' hi wedi marw ers dwy
flynedd!'

Gwelodd Yunis fod James a Sam yn
chwerthin hefyd. Doedd heddiw ddim yn

ddiwrnod da. Teimlai fod popeth oedd e'n ei wneud yn mynd o'i le. Byddai'n rhaid iddo drio'i orau glas i gael gafael ar y bêl.

Ond o leiaf roedd e yma gyda thîm dan ddeuddeg yr Adar Gleision yn chwarae pêl-droed. Dechreuodd Yunis chwerthin hefyd gan ddychmygu mam-gu Ryan yn dod allan o'r fynwent i'w guro at y bêl. Ond sylweddolodd fod chwerthin yn gwneud y sefyllfa'n waeth fyth, felly rhoddodd y gorau iddi a dechrau gwylio'r lleill.

Yna clywodd sŵn llais oedolyn – nid Phil, ond dau o'r tadau ar yr ystlys yn siarad yn uchel. Roedden nhw'n chwerthin hefyd. Yn eu ceir oherwydd y glaw roedd y rhan fwyaf o'r tadau eraill, ond roedd y ddau yma wedi bod yn ddigon dewr i ddod allan i wylio.

Edrychodd Yunis o'i gwmpas a gweld tad Craig yn chwerthin a thad James yn curo'i gefn. Dau ffigwr mawr yn socian yn y glaw.

Roedd gweld hynny'n brofiad poenus i Yunis. Glaw neu beidio, roedd tad Craig yma'n gwylio'i fab. *Ac* roedd e'n ffrindiau gyda thad James, oedd wedi chwarae i Gymru.

Dechreuodd pen Yunis droi eto. Doedd e ddim yn chwerthin nawr.

''Co ti, Yunis,' meddai Ryan gan fynd â'r bêl yn agos at Yunis. Aeth Yunis amdani – yn benderfynol o'i chipio oddi arno, ond tynnodd Ryan y bêl 'nôl a'i phasio i'r ochr at James. Beth bynnag oedd Yunis yn trio'i wneud, doedd e ddim yn gallu cael gafael ar y bêl.

Cyfrinach Craig

'Wyt ti'n iawn?'

Rhedodd Gwilym ar draws y maes parcio a gofyn yr un cwestiwn eto i Yunis.

'Ydw,' atebodd yntau.

'Nag wyt,' wfftiodd Gwilym.

'Ydw.'

'Nag wyt.'

'Fi yw prif sgoriwr tîm dan ddeuddeg Academi Caerdydd,' meddai Yunis. 'Dwi'n arbenigwr ar holl gerddi T. H. Parry Williams. Fy ffrind gorau yw'r asgellwr

enwog, Gwilym Edwards. Beth yn y byd all
fod o'i le?'

'Gwlad Pwyl?' meddai Gwilym gan
anwybyddu jôcs Yunis.

'Beth am Wlad Pwyl?' atebodd Yunis.

'Ydy dy dad yn mynd i dy adael di i ddod?
Ife dyna pam wyt ti'n edrych mor drist?'

Safodd Yunis ac edrych o'i gwmpas.
Roedd pawb arall yn mynd i'w ceir ac yn
gyrru i ffwrdd i'r pellter.

'Fyddet ti ddim yn deall,' meddai.

'Beth?'

Eglurodd Yunis am yr ysgol a'r Academi a sut oedd e'n ofni y byddai ei dad yn rhoi stop arno i chwarae pêl-droed. Eglurodd ei fod yn teimlo fel petai'n chwarae ei gêm olaf i'r Adar Gleision bob tro a bod yn rhaid iddo wneud y mwyaf o'i gyfle felly. Gwlad Pwyl oedd y peth lleiaf ar ei feddwl, wfftiodd.

Wrth i Yunis siarad, sylwodd ar Craig a'i dad yn mynd i'w car.

'A dyna Craig wedyn,' meddai Yunis.

'Beth amdano?'

Ochneidiodd Yunis ac edrych i fyny ar ganghennau coeden gerllaw. 'Mae'n mynd ar fy nerfau i. Mae'n edrych arna i'n rhyfedd ac yn dweud pethau dan ei anadl. Dwi'n siŵr ei fod e'n chwerthin am fy mhen i. Pwy mae e'n feddwl yw e? Jyst achos bod ei dad e'n dod i'w wylio'n chwarae a dyw 'nhad i ddim. Mae e wir yn gwneud i fi deimlo'n ofnadwy.'

'Sai'n credu'i fod e'n neud hynny'n fwriadol,' mentrodd Gwilym. 'Mae Craig yn iawn yn y bôn. Wir!'

'Edrych arno fe. Trueni na fyddai'i dad yn aros gartref rywbryd ac yn peidio â dod i un o'r gêmau neu'r ymarferion. Falle wedyn y byddai'n deall sut dw *i*'n teimlo bob wythnos.'

'Ond fyddai e ddim yn gweld ei dad wedyn,' meddai Gwilym mewn llais tawelach.

'Beth? Wrth gwrs y bydde fe. Maen nhw'n byw yn yr un tŷ.'

'Na dy'n,' meddai Gwilym, 'dy'n nhw ddim. Mae ei fam a'i dad wedi gwahanu ers blwyddyn. Yr unig bryd mae ei dad yn cael ei weld e yw pan mae e'n dod ag e fan hyn.'

'Wir?'

'Wir. Dyw ei fam ddim yn siarad â'i dad. Ddwedodd e wrtha i. Felly dim ond

ar ddydd Sul ac ar y ddwy noson ymarfer
mae e'n cael gweld ei dad.'

'O, reit . . .' meddai Yunis.

Doedd e ddim yn gwybod beth i'w
ddweud. Yn sydyn roedd e'n deall ychydig
bach yn fwy ynglŷn â pham oedd Craig
yn ymddwyn fel oedd e. Yn enwedig yng
nghwmni ei dad.

Oddi Cartref

Oddi cartref roedd gêm ddydd Sul. Yn Hull.

Roedd Yunis wedi bod yn teimlo trueni dros Craig ers i Gwilym sôn am ei rieni'n gwahanu. Roedd e wedi ceisio dychmygu sut y byddai *e*'n teimlo yn yr un sefyllfa. Ac er bod ei dad yn mynd ar ei nerfau weithiau, roedd e'n siŵr mai peidio cael ei dad yn byw gydag e fyddai'r peth gwaethaf allai ddigwydd.

Felly pan welodd e Craig yn Hull, ceisiodd fod yn gyfeillgar.

'Ti'n iawn, Craig?' holodd. Nodiodd
Craig ei ben heb ddweud gair gan wneud i
Yunis deimlo'n waeth.

Ond ar y cae, fel arfer, anghofiodd Yunis
am bob gofid. Pan fyddai yng nghanol gêm,
gallai wneud hynny'n hawdd – hyd yn oed
anghofio mai hon efallai fyddai ei gêm olaf,
pe bai ei dad yn dewis hynny.

Felly penderfynodd chwarae fel mai hon
oedd ei gêm olaf.

Gweithiodd yn galetach nag erioed. Taclodd yn awchus a phenio mor galed â phosib.

A rhedodd a rhedodd a rhedodd.

Teimlai'n dda.

Ond roedd Hull yn dîm da hefyd. Roedd eu hamddiffynwyr nhw'n fawr – fel dynion mewn oed. Roedd hi'n anodd cael gafael ar y bêl.

Sylwodd Yunis fod Craig yn mynd yn fwy ac yn fwy crac ar y cae. Roedd un o amddiffynwyr Hull yn cadw tynnu'i grys pan oedd y dyfarnwr ddim yn edrych.

'Reff?' meddai Craig. Ond doedd y dyfarnwr ddim yn cymryd unrhyw sylw.

Funud neu ddwy yn ddiweddarach tynnodd yr amddiffynnwr e i'r llawr, heb gael ei gosbi eto. Collodd Craig ei dymer. Cododd a rhedeg at ei wrthwynebydd, ei daro â'i ysgwydd a'i wthio i'r llawr.

Gwelodd y dyfarnwr y cyfan a gwyliodd
Yunis e'n tynnu carden allan o'i boced.
Carden felen. Rhyddhad, meddyliodd Yunis
– gallai fod wedi bod yn goch. Byddai Phil
yn siŵr o dynnu Craig oddi ar y cae nawr i
roi cyfle iddo dawelu, ond er syndod i Yunis,
cafodd aros.

Rai munudau'n ddiweddarach, aeth yr
un amddiffynnwr o Hull am beniad, ond

aeth am Craig ac nid am y bêl. Syrthiodd Craig i'r llawr ond gadawodd y dyfarnwr i'r gêm fynd yn ei blaen.

Yn ffodus, roedd y bêl gan Gaerdydd o hyd a phasiodd James hi i Yunis. Yn sydyn, roedd e ar ei ben ei hunan yn y blaen gyda dim ond dau amddiffynnwr a'r gôl-geidwad i'w curo. Ciciodd y bêl heibio i'r amddiffynnwr cyntaf a'i basio ar ras. Roedd yr ail amddiffynnwr yn canolbwyntio gymaint ar gadw llygad barcud ar Gwilym nes bod gan Yunis ddigon o le i chwarae ynddo.

Rhedodd nerth ei draed tuag at y cwrt cosbi a tharo ergyd mor galed ag y gallai.

Hedfanodd y bêl fel bwled i gornel y rhwyd gan adael y gôl-geidwad yn stond. Gwaeddodd y dorf eu cymeradwyaeth ac roedd Yunis wrth ei fodd.

Un i ddim.

Daeth James draw ato a churo'i gefn cyn i Gwilym a'r gweddill ymuno'n y dathlu.

Yna tynnodd Phil Yunis oddi ar y cae. Cododd law i dynnu sylw'r dyfarnwr cyn gweiddi, 'Yunis. Dere bant.'

Llusgodd Yunis ei hunan at yr ystlys. Doedd e ddim yn gallu credu'r peth.

'Gôl wych, Yunis. Ni'n falch iawn ohonot ti, ond dwi eisiau rhoi cyfle i un o'r bois eraill nawr.'

'Ond . . .' dechreuodd Yunis. Na, doedd

e ddim wedi anghytuno â Phil o'r blaen a doedd e ddim yn mynd i ddechrau nawr.

Ond doedd e ddim yn deall y peth. Pam fod yn rhaid iddo fe adael y cae? Beth am Craig? *Fe* ddylai ddod i ffwrdd. Roedd e wedi cael carden felen. Gallai fod wedi'i anfon oddi ar y cae!

Gwisgodd Yunis ei dracwisg a gwneud ychydig o ymarferion i oeri'i gorff.

Yna gwyliodd y gêm gan geisio rhwystro'i hunan rhag pwdu gyda Phil.

Ar Beth Wyt Ti'n Edrych?

Y tu allan i stafell newid Hull roedd Yunis yn aros i Gwilym. Roedd tad Gwilym yn rhoi lifft adre iddo o'r Academi am nad oedd ei dad ei hunan yn gallu dod.

Ond Craig ddaeth allan nesaf, yn edrych yn boeth ac yn grac.

Roedd Yunis yn dal i deimlo'n grac ag e, yn bennaf am ei fod wedi ceisio bod yn ffrind iddo'n gyharach, a Craig wedi'i anwybyddu,

fwy neu lai. Ac yn rhannol hefyd am mai
Craig ddylai fod wedi'i dynnu oddi ar y cae
ac nid Yunis.

Syllodd Yunis ar Craig heb ddweud gair.

'Ar beth wyt ti'n edrych?' holodd Craig.

'Dim,' atebodd Yunis.

'Dim, ife?'

Ddywedodd Yunis ddim byd.

'Trueni i ti gael dy dynnu oddi ar y cae
heddiw,' meddai Craig gan wenu.

Syllodd Yunis ar Craig. Roedd e'n cynhyrfu o ddifri nawr. Gwneud hwyl am ei ben roedd Craig, heb amheuaeth.

'*Ti* ddylai fod wedi dy dynnu oddi ar y cae,' meddai Yunis.

'Ife?'

'Ie.'

Sylweddolodd Yunis beth oedd yn mynd i ddigwydd nesaf. Roedd e wedi gweld hyn yn digwydd o'r blaen gyda rhai o'r bechgyn eraill. Dyma sut y byddai pethau'n dechrau bob tro. Dadl yn troi'n gas.

Doedd e ddim wedi cael ffeit go iawn o'r blaen ond nawr roedd ei gorff yn llawn dicter a theimlai ei freichiau a'i goesau fel pe bai rhaffau'n eu tynnu. Eu tynnu tuag at Craig.

'Pam fi 'te, Yunis?' meddai Craig gan gamu tuag to. 'Wyt ti'n mynd i ddweud wrtha i neu wyt ti'n mynd i redeg adre at dy dad – os oes un gen ti!'

A dyna ni. Collodd Yunis ei dymer.

Paid â gadael i unrhyw un wneud i ti golli dy dymer. Dyma beth fyddai ei dad yn ddweud. *Paid â brifo unrhyw un. Dim ond geiriau yw geiriau.*

'O leia . . .' Stopiodd Yunis mewn pryd. Doedd e ddim eisiau dweud unrhyw beth fyddai'n brifo Craig er ei fod e wir yn ei gasáu yr eiliad honno.

'O leia beth?' camodd Craig ymlaen a gwthio Yunis yn ei frest.

Roedd Yunis yn ymwybodol fod bechgyn eraill o'u cwmpas nhw – y rhan fwyaf yn chwaraewyr tîm Hull. Roedd pob llygad arno. Teimlodd gywilydd, ac er ei fod yn ofnus, allai e ddim sefyll yno'n gwneud dim byd.

'O leia dwi'n byw gyda 'nhad i . . .' poerodd at Craig.

Difarodd ddweud hynny'n syth.

Dydd Sul 23 Hydref
Hull 0 – Caerdydd 1
Gol: Yunis
Cardiau Melyn: Craig

Marciau allan o ddeg i bob chwaraewr gan reolwr y tîm dan ddeuddeg:

Tomas	7
Connor	6
James	7
Ryan	7
Craig	6
Cai	8
Sam	6
Will	6
Gwilym	8
Yunis (Tony yn ei le am 70 munud)	8
Ben	7
Tony	6

Syrpréis yn yr Ysgol

'Yunis? Ga i air plis?'

Roedd Mr Brychan wedi dal Yunis wrth iddo adael y dosbarth.

Nodiodd Yunis ei ben. Beth nawr?

Mewn gwirionedd, doedd dim ots ganddo fod yr athro eisiau siarad ag e. Yn ystod y bedair awr ar hugain ddiwethaf roedd ei dad wedi bod yn cwyno am ei waith ysgol, roedd Craig wedi'i wthio, ac roedd Phil, hyfforddwr yr Academi, yn anhapus iawn ei fod e a Craig bron iawn â dechrau ymladd.

Roedd e bron yn *disgwyl* fod ei athro'n grac ag e am rywbeth.

'Wyt ti'n cael amser anodd ar hyn o bryd?' gofynnodd Mr Brychan.

Safodd Yunis wrth ei ddesg wrth i'w ffrindiau i gyd adael.

'Dwi'n iawn, syr,' atebodd Yunis.

'Wel . . .' mae dy dad wedi ffonio'r ysgol i weld sut wyt ti'n gwneud yn dy waith. Mae'r pennaeth wedi bod yn holi ambell gwestiwn i fi.'

Ochneidiodd Yunis.

'A dwi'n gwybod dy fod ti wedi ymuno ag Academi Caerdydd a . . .' Oedodd Mr Brychan.

Edrychodd Yunis arno. Sut oedd Mr Brychan yn gwybod am hynny? Roedd Yunis wedi cadw'r cwbwl yn gyfrinach am nad oedd am i bobol yn ei ysgol newydd wybod ei fod yn mynd i'r Academi. Ofni oedd e na fyddai'n llwyddo ar ôl y tymor cyntaf ac y byddai pawb yn gwybod ei fod wedi methu.

'Mae'n rhaid fod gwneud dy waith ysgol ac ymarfer dair gwaith yr wythnos, heb sôn am chwarae ar ddydd Sul, yn anodd. Dweud oedd dy dad . . .'

Syllodd Yunis ar Mr Brychan. Felly sut *oedd* e'n gwybod am yr ymarferion a'r gêmau ar ddydd Sul?

Gwenodd Mr Brychan fel petai'n gwybod beth oedd yn mynd trwy feddwl Yunis.

'Dw innau'n ffan o Gaerdydd, Yunis,'
meddai. 'Gormod o ffan. Dwi wedi bod
yn eu cefnogi nhw ers o'n i'n blentyn.
Dwi ddim jyst yn dilyn y tîm cyntaf, dwi'n
cadw llygad ar y timoedd ieuenctid hefyd a
dwi'n nabod rhai o'r staff hyfforddi lawr
yn yr Academi.'

Teimlai Yunis yn rhyfedd. Dyma'r
tro cyntaf i unrhyw un ei drin â pharch
oherwydd ei fod yn chwarae i Gaerdydd.
Er mai ei athro oedd Mr Brychan,

dechreuodd deimlo am unwaith, fod rhywun yn ei drin fel oedolyn, ac nid fel plentyn.

'Dyw Dad ddim yn hoffi 'mod i'n chwarae pêl-droed. Mae e'n credu fod hynny'n tarfu ar 'y ngwaith ysgol i.'

'Dwi'n gweld . . .'

'Dwi'n credu'i fod e'n mynd i 'ngorfodi i i adael,' meddai Yunis.

'Sdim rhyfedd dy fod ti'n edrych mor ddigalon 'te,' meddai Mr Brychan. 'Oes unrhyw beth alla i wneud? Siarad â dy dad? Helpu gyda'r gwaith ysgol?'

'Dwi ddim yn gwybod, syr,' meddai Yunis.

'Beth am i ti ddefnyddio'r llyfrgell ar ddiwedd y prynhawn? Cyn i ti fynd i ymarfer?'

'Mae'n rhy swnllyd,' meddai Yunis. 'Mae'n fwy fel clwb ar ôl ysgol na chyfnod astudio.'

'Dwi'n gweld,' meddai Mr Brychan.

Edrychodd Yunis ar ei athro gan deimlo ychydig yn hapusach. O leiaf roedd *rhywun* yn ceisio'i helpu.

'Wel, gad i fi wybod os oes unrhyw beth alla i ei wneud. Rwyt ti'n ddisgybl yma ac yn seren pêl-droed y dyfodol i Gaerdydd, felly mae gen i ddau reswm i dy helpu di nawr.'

Ar y Fainc

Dydd Sul. Bolton gartre.

Edrychodd Yunis ar daflen y tîm oedd ar y wal wrth fynedfa'r Academi yn ôl ei arfer. Dyna ran o drefn ei ddiwrnod gêm.

Yna camodd 'nôl mewn syndod.

Edrychodd eto.

Doedd ei enw ddim yno. Roedd Tony Harrison wedi cymryd ei le. Yna fe welodd ei enw *e* ar waelod y dudalen yng nghanol yr eilyddion.

Profiad rhyfedd i Yunis oedd gwylio'r gêm o
ochr y cae. Roedd hi'n anodd peidio rhedeg
tuag at y bêl os oedd Sam neu Cai yn ei
chicio allan i'r asgell yn agos i ble roedd e'n
sefyll. Ac roedd hi'n fwy rhyfedd fyth gweld
Gwilym a Tony Harrison yn cydweithio
cystal.

Allai Yunis ddim deall pam ei fod wedi
colli'i le yn y tîm. Roedd e wedi bod yn

chwarae'n well nag erioed. A fe oedd
yn sgorio'r rhan fwyaf o goliau'r tîm.
Roedd e'n cael gwobr 'seren y gêm' bob
wythnos.

Felly pam oedd e ar y fainc?

Erbyn hanner amser, roedd Caerdydd
ar y blaen o ddwy gôl i ddim. Roedd Tony
wedi sgorio un a Gwilym wedi sgorio'r llall.
Roedd Gwilym wedi pwyntio at Yunis wrth
ddathlu ei gôl.

Teimlai Yunis ychydig bach yn well
oherwydd hyn. Teimlai'n well hefyd ar ôl
gweld Craig yn cael carden felen. Doedd e
ddim wedi sylweddoli tan nawr gymaint o
chwaraewr brwnt oedd Craig. Roedd e'n
taclo'n rhy galed ac yn colli'r bêl o hyd.

Ar yr ystlys bellaf, roedd rhieni pawb yn
sefyll i gefnogi.

Roedden nhw i gyd yn gweiddi eu
cefnogaeth ac yn annog eu meibion yn

gall – heblaw am fam Ryan, wrth gwrs, oedd yn mynd dros ben llestri fel arfer.

Edrychodd Yunis ar y rhieni eto gan deimlo, am y tro cyntaf, nad oedd e'n perthyn i'r Academi o gwbwl. Efallai fod ei dad yn iawn. Efallai y dylai ganolbwyntio mwy ar ei waith ysgol.

Pwy, o blith y bechgyn yma, oedd wir yn mynd i lwyddo i fod yn bêl-droedwyr proffesiynol?

Neb mae'n siŵr.

Efallai y byddai un neu ddau ohonyn nhw'n cael bod yn nhîm cyntaf Caerdydd a'r gweddill mewn cynghrair is, os oedden nhw'n lwcus.

Gwastraffu amser oedd sefyll wrth ochr y cae ac yntau ddim hyd yn oed yn chwarae. Fe allai fod yn gwneud ei waith cartref nawr. Roedd hwnnw yn ei fag yn y stafell newid.

O leia fyddet ti'n gwneud rhywbeth o bwys.

Llais ei dad yn ei ben eto.

Yn syth ar ôl i'r ail hanner ddechrau – roedd Gwilym a Ryan yn dal yn drech nag amddiffyn Bolton – daeth Phil i siarad ag Yunis.

'O'n i eisiau dweud wrthot ti pam nad wyt ti'n chwarae heddi, Yunis,' meddai Phil.

'Iawn,' meddai Yunis gan geisio edrych yn bositif.

'Ti'n amlwg yn cael tymor da ac yn chwarae'n dda iawn ond ro'n i eisiau rhoi cyfle i Tony H. Ac ro'n i'n meddwl y gallet ti ymdopi â hynny. Mae dy hyder di ar i fyny, neu fy ddylai fod, 'ta beth. Fe *wna* i adael i ti chwarae am yr ugain munud olaf.'

Gwrandawodd Yunis heb ddweud gair. Fel arfer, byddai'n derbyn popeth roedd Phil yn ei ddweud, ond heddiw roedd e'n gandryll. Doedd e ddim yn cytuno â phenderfyniad Phil o gwbwl.

Peidio â gadael iddo chwarae pan oedd e'n chwarae'n dda? Roedd hynny'n wallgo!

'Eisiau gofyn ro'n i, Phil . . .' meddai
Yunis.

'Beth, Yunis?'

'Ga i fynd i newid? Dwi ddim eisiau
chwarae. Dwi ddim yn teimlo'n dda.'

Edrychodd Phil ar Yunis yn ofalus. 'Wrth
gwrs. Cofia wisgo'n gynnes.'

Yn y stafell newid, roedd Yunis yn teimlo'n
rhwystredig. Ceisiodd ddarllen cerdd T. H.
Parry Williams eto:

Ond felly y mae-hi, ac ni wn paham,
Onid rhag ofn i'r ddau sydd yn y gro
Synhwyro rywsut fod y drws ynghlo.

Roedd deall y llinellau yma nawr ychydig
yn haws ar ôl iddo ei ddarllen dair gwaith.
Ond roedd y cerddi eraill yn edrych yn
fwy anodd.

Gwneud nodiadau ar y dudalen roedd e pan glywodd sŵn traed. Meddyliodd mai Phil oedd yno, siŵr o fod, yn dod i weld os oedd e'n iawn.

Yna gwelodd Craig heb ei grys.

'Ydy'r gêm wedi gorffen?' holodd Yunis gan drio bod yn gyfeillgar.

'Ges i'n anfon oddi ar y cae,' meddai Craig, 'achos ges i ail garden felen.'

Ddywedod Yunis ddim byd. Doedd e ddim eisiau gwylltio Craig eto.

Edrychodd Craig ar lyfr cerddi Yunis. Roedd Yunis yn disgwyl iddo ddweud rhywbeth ond y cwbwl wnaeth e oedd sefyll yn yr unfan, edrych yn drist a throi i fynd i'r gawod.

Dydd Sul 30 Hydref
Caerdydd 2 Bolton 0
Goliau: Tony, Jake
Cardiau Melyn: Craig (dwy garden felen –
wedi ei anfon oddi ar y cae)

Marciau allan o ddeg i bob chwaraewr gan reolwr y tîm dan ddeuddeg:

Tomas	7
Connor	8
James	6
Ryan	8
Craig (wedi ei anfon o'r cae ar ôl 74 mun)	4
Cai	7
Sam	8
Wil	6
Gwilym	8
Tony	9
Ben	6

Ffeit

'Reit, bois.'

Roedd Phil Richards yn sefyll a'i ddwylo ar ei gluniau.

Dydd Llun arall. Sesiwn ymarfer arall.

'Dwi eisiau gweithio eto ar basio'r bêl yn agos,' meddai. 'Dwi'n cedu bod y gwaith ry'n ni wedi'i wneud yn ddiweddar wedi talu ffordd yn erbyn Hull a Bolton. Felly beth am i ni wneud mwy o'r un peth?'

Rhannodd yr hyfforddwr y garfan yn grwpiau o bedwar. Grwpiau gwahanol i'r arfer, fel nad oedd y chwaraewyr yn dod yn gyfarwydd â chwarae gyda'r un rhai.

'Gwilym, cer di gyda James, Yunis a Craig,' meddai Phil gan daflu pêl at Gwilym.

Gwgodd Yunis. Doedd e ddim eisiau chwarae gyda Craig. Roedd gormod o densiwn rhyngddyn nhw.

Ond yn rhyfedd iawn, roedd Craig yn ymddwyn yn iawn drwy'r ymarfer. Pan oedd Yunis yn pasio a thaclo'n dda, cafodd ei ganmol gan Craig gydag ambell ebychiad

o 'Grêt!' a 'Da iawn!' – yn union fel y
byddai'n dweud wrth Gwilym a James.

Felly pan ddaeth Craig draw ar ddiwedd
yr ymarfer, roedd Yunis yn disgwyl fod
popeth yn mynd i fod yn iawn. Hyd yn oed
ar ôl beth ddigwyddodd yn dilyn y gêm yn
erbyn Hull.

Ond roedd e'n anghywir.

'Weles i ti â dy lyfr yn ystod gêm Bolton,'
meddai Craig oedd yn cario set o faneri dros
Phil.

Ddywedodd Yunis ddim byd am sbel.
Roedd Craig yn ei ddilyn ar draws y caeau
ymarfer a thros y bont tuag ar y stafell newid.

Felly, meddyliodd Yunis. *Mae Craig wedi
bod yn aros am gyfle i bigo arna i.*

'Beth os do fe?'

'Dwi jyst yn dweud. Mae'n od dy weld
di'n gwneud gwaith ysgol yn ystod gêm
bêl-droed . . .'

Safodd Yunis yn stond, yn fwriadol, a cherddodd Craig i mewn iddo gyda'r set o faneri.

Gwthiodd Yunis e i ffwrdd. 'Ti'n meddwl bod hynny'n ddoniol?' chwyrnodd.

'Beth sy'n ddoniol?' holodd Craig.

''Mod i wedi 'ngadael allan o'r tîm neu 'mod i eisiau neud yn dda yn yr ysgol?'

Ceisiodd Craig agor ei geg ond roedd Yunis yn dal i siarad.

'Dyw beth dwi'n neud yn ddim o dy
fusnes di,' gwaeddodd Yunis. 'Jyst achos bod
dy dad di yma gyda ti . . .'

'Na, dwi'n . . .'

Yna gwthiodd Yunis e eto a chyn iddo
allu gwneud unrhyw beth i'w atal roedd
Craig ar ei ben e.

Doedd Yunis ddim yn siŵr sut
ddigwyddodd y peth, ond yn sydyn roedd y
ddau ar y llawr, er nad oedd neb yn bwrw'r
llall. Roedden nhw jyst yn dal breichiau'i
gilydd ac yn rholio o gwmpas y lle.

Daeth sŵn lleisiau'n gweiddi 'Ffeit . . .
ffeit . . . ffeit . . .' i glustiau Yunis, wrth i
chwaraewyr eraill y tîm iau ddod yn nes. A'r
cwbwl oedd yn mynd trwy'i feddwl yr eiliad
honno oedd, *Dwi'n ymladd. Dwi'n ymladd.*

Yn sydyn, cafodd Yunis ei dynnu ar
ei draed. Gan Ryan, fel mae'n digwydd.
Ac roedd James wedi gafael yn Craig.

Teimlai Yunis fel plentyn bach yn cael ei dynnu o sefyllfa beryglus.

'Beth chi'n neud?' holodd Ryan, yn dal Yunis 'nôl o hyd.

'Fe oedd yn . . .' Ond dyna i gyd allai Yunis ddweud. Roedd e mor grac, doedd e ddim yn gallu siarad.

'Pe bai Phil yn gwybod am hyn fydde fe'n taflu'r ddau ohonoch chi allan . . .' meddai Ryan, 'allan o Academi Caerdydd.'

'Sdim ots 'da fi,' meddai Yunis. 'Gad iddo fe 'nhaflu i allan.'

'Reit,' meddai Ryan ag awdurdod capten. 'Dwi am i'r ddau ohonoch chi fynd i mewn i fan'na. Dwy funud sydd gyda chi cyn i Phil gyrraedd. Sortiwch bethe allan. Os ddechreuwch chi ymladd eto fydda i'n dweud wrth Phil ac fe fydd e'n eich rhyddhau chi o'r Academi. Deall?'

Cafodd Yunis a Craig eu gwthio mewn i'r stafell newid.

Caeodd y drws y tu ôl iddyn nhw.

Ffrindiau?

'**T**rio bod yn neis o'n i,' meddai Craig, ar ôl cyfnod hir o dawelwch. Doedd y ddau fachgen ddim yn edrych ar ei gilydd.

'Neis?' Roedd Yunis yn dal yn grac ond fe edrychodd draw ar Craig.

'Ie, neis.'

'Gwneud hwyl am 'y mhen i am ddarllen yn y stafell newid?'

Roedd Craig wedi rhoi'i fys ar broblem fwyaf Yunis a doedd e ddim yn hoffi hynny o gwbwl. Ond roedd e'n gallu gweld fod Craig

yn ceisio datrys pethau ac roedd ganddyn
nhw lai na dwy funud cyn i Phil ddod i
mewn – wedyn bydden nhw mewn trwbwl.
Trwbwl mawr!

'Eisiau dweud o'n i . . .' meddai Craig,
'ynglŷn â Dad . . .'

'Sori am beth ddwedes i am dy dad,'
meddai Yunis. Sylweddolodd y byddai'n rhaid
iddo ateb Craig. Dweud rhywbeth caredig,
er mwyn eu helpu nhw allan o'r llanast.

'Gartre,' meddai Craig, 'ar ôl i Dad adael, cymerodd 'y mrawd i drosodd. Dyw e byth yn gweld Dad. Ond . . .'

'Mae'n rhaid fod hynny'n anodd,' meddai Yunis.

'Ydy. A dwi ond yn cael gweld Dad am hyn a hyn o oriau bob wythnos ac mae pêl-droed yn digwydd yn ystod yr oriau hynny. Felly, fel arall, fydden i fyth yn ei weld e.'

Edrychodd Craig ar ei ddwylo am eiliad.

''Nôl at 'y mrawd, mae e . . .' Oedodd Craig eto. 'Wel, y rheswm ddywedais i rywbeth amdanat ti'n darllen oedd achos bod 'y mrawd yn gymaint o . . . ti'n gwybod . . .'

Agorodd Yunis ei lygaid yn fawr wrth ddisgwyl i Craig orffen ei frawddeg. 'Ydy e'n hŷn?'

'Ydy,' meddai Craig, 'ac mae e'n credu mai Dad yw e nawr. Ac yn credu'i fod e'n fós arna i hyd yn oed. Dyw e ddim yn gadael

llonydd i fi, felly dwi ddim yn cael cyfle i wneud 'y ngwaith cartre.'

Gwgodd Yunis.

'Roedd Dad yn arfer ei rwystro rhag rhoi amser caled i fi,' meddai Craig. 'Pan oedd e'n byw gyda ni.'

'Pam na elli di fynd i fyw at dy dad 'te?' holodd Yunis.

'Alla i ddim. Dyna'r unig amser y mae e'n cael bod gyda fi. Aeth Mam a Dad i'r llys ac mae'n rhaid iddyn nhw wneud beth ddwedon nhw fan 'ny.'

'Beth am dy fam?'

'Dyw hi byth gartre. Mae dwy swydd ganddi. Un yn y dydd ac yna mae hi'n gweithio mewn tafarn yn y nos.'

Dechreuodd Yunis deimlo'n euog. Roedd e wedi credu fod Craig yn fachgen drwg oedd yn hoff o greu trwbwl, ond roedd e'n anghywir.

'Ma' hynny'n galed,' meddai Yunis.

'A dyna pam ro'n i'n edrych arnat ti'n darllen. Ro'n i wedi bod yn meddwl y gallen i wneud yr un peth. Gwneud ychydig o waith cartre ar ôl i fi gael fy anfon o'r cae achos dwi'n gwybod na fyddai'n gallu'i wneud e ar ôl mynd adre.' Gwenodd Craig.

'Gwranda,' meddai Yunis. 'Sori am beth ddywedes i, ond o'n i ddim yn gwybod. Mae'n siŵr o fod yn hunlle i ti gartre.'

'Mae'n iawn,' meddai Craig. Yna edrychodd ar Yunis. 'Beth am dy dad di?'

Cododd Yunis ei ysgwyddau. 'Dyw e ddim yn hapus 'mod i'n chwarae i Gaerdydd.'

'Pam? Dyw e ddim yn ffan?'

'Na'dy, mae e'n . . .' Yna gwenodd Yunis. 'Ro'dd e'n arfer cefnogi, ond mae e'n credu fod dod i'r Academi'n fy rhwystro i rhag gwneud fy ngwaith ysgol.'

'Wedyn ti'n neud dy waith yn y stafell newid?'

'Weithiau,' meddai Yunis.

'Ymddwyn fel'na y mae e am ei fod e'n poeni amdanat ti,' mentrodd Craig.

'Falle.'

Ac yna daeth gweddill y bechgyn i mewn a Phil Richards ar eu sodlau.

'Iawn, bois?' holodd Phil gan edrych arnyn nhw fel pe bai'n gwybod fod rhywbeth yn mynd ymlaen.

'Ydyn,' meddai Craig ac Yunis gyda'i gilydd.

Edrychodd Ryan a James ar ei gilydd gan led wenu.

Syniad Dad

'**S**ut oedd dy sesiwn ymarfer di heddiw, Yunis?'

Gofynnodd ei dad y cwestiwn hwn iddo heb awgrym o feirniadaeth. Doedd dim dicter na phryder yn ei lais.

Roedd y teulu'n bwyta swper gyda'i gilydd eto. Roedd chwaer Yunis draw yn nhŷ ei ffrind.

Edrychodd Yunis ar ei fam. Gwelodd hi'n gwenu cyn plygu ei phen.

'Iawn, diolch. Ddes i i adnabod Craig ychydig yn well.'

'Da iawn,' meddai ei fam. 'Dwi'n falch
dy fod ti'n gwneud ffrindiau.'

Cytunodd ei dad, er nad oedd gan Yunis
syniad beth oedd yn mynd ymlaen. Roedd
ei dad yn wahanol. Yn bod yn neis. Dim
pwysau.

'Mae dy dad wedi cael syniad,' meddai
ei fam. Edrychodd Yunis i fyny a gweld ei
rieni'n edrych ar ei gilydd.

Nawr roedd e'n gwybod fod rhywbeth ar
droed. Roedd ei fam a'i dad wedi cynllunio

rhywbeth a dyma oedd eu ffordd garedig nhw o ddweud wrtho beth oedd e.

Ond ar y llaw arall, roedd hyn yn well na'i dad yn bod yn grac gydag e drwy'r amser. A'r bygythiad o gael ei dynnu allan o'r Academi.

'Beth yw hwnnw?' holodd Yunis gan geisio dangos fod diddordeb ganddo.

'Ti'n gwybod 'mod i'n teimlo'n rhwystredig am yr amser ti'n ei golli wrth fynd i'r Academi?'

'Ydw, Dad,' meddai Yunis yn bwyllog. 'Dwi'n gwybod . . . ac yn deall.'

'Wel, dwi wedi bod yn siarad â pherchnogion y cwmni lle dwi'n gweithio, ac maen nhw'n fodlon i fi weithio gartre yn y prynhawn ar y dyddiau hynny pan wyt ti'n ymarfer.'

Syllodd Yunis yn syn ar ei dad.

Doedd e ddim yn gwybod i ble roedd y sgwrs yma'n mynd. Dechreuodd deimlo'n ansicr.

'Felly, dwi'n meddwl . . .' meddai ei dad.

'Os wyt ti, Yunis, yn hapus,' ychwanegodd ei fam.

'Wrth gwrs,' meddai ei dad. 'Dwi'n meddwl . . . y gallen i ddod i dy gasglu di o'r ysgol am dri o'r gloch, mynd â ti adre erbyn 3.20 a gadael am yr Academi am 5.30.'

'Wedyn bydd dwy awr gen ti yn y prynhawn, Yunis,' meddai ei fam. Roedd ei llais yn eithaf cadarn. Roedd hyn yn golygu fod yn rhaid i Yunis gytuno.

'Grêt,' meddai Yunis.

Roedd y syniad yn swnio'n iawn. Byddai'n dal yn chwarae i Gaerdydd. Byddai amser ganddo i wneud ei waith cartref a byddai ei dad yn hapus hefyd. Roedd hi'n anodd dal dau fws i fynd i'r Academi o'r ysgol a loetran o gwmpas heb unrhyw le call i eistedd a chael gweithio'n iawn.

'A wna i frechdan i ti fwyta wrth i ti weithio, ife?' meddai ei fam.

'Iawn,' meddai Yunis. Yna teimlodd wres llygaid ei fam arno. Edrychodd i fyny. Roedd hi'n edrych arno fel pe bai'n syllu ar ddryll oedd ar fin tanio.

Sylweddolodd Yunis beth oedd yn bod.

'Diolch, Dad,' meddai Yunis. 'Mae hynny'n garedig iawn.'

'Dim problem. Yunis,' meddai ei dad. 'Dwi'n credu y gwnaiff hyn weithio i ni gyd.'

Syniad Craig

Roedd Yunis yn yr ysgol pan ganodd y ffôn yn ei boced.

Edrychodd ar y sgrin. 'Craig?' meddai dal ei anadl. 'Pam ei fod e'n anfon tecst ata i?'

Roedd y neges wrth Craig. Roedd gan Yunis rif pob aelod o'r tîm yn ei ffôn. Phil oedd wedi gofyn iddyn nhw gadw mewn cysylltiad ar ddyddiau gêmau oddi cartref.

WEDI CAEL SYNIAD.
CWRDD CYN YMARFER?
CRAIG

Tecstiodd Yunis 'nôl.

IAWN. FYDDA I YNA.
Y

Gwenodd Yunis. Roedd pethau'n edrych yn
addawol. Roedd e'n ffrindiau gyda'r bachgen

oedd yn elyn pennaf iddo wythnos 'nôl.
Roedd ei dad yn hapus ei fod yn mynd i'r
Academi ac roedd pethau'n well yn yr ysgol.

Teimlai'n grêt.

O'r diwedd meddyliodd. *Mae popeth yn
mynd yn dda.*

Ar ôl y wers olaf, rhedodd Yunis draw at y
car lle roedd ei dad yn aros amdano.

'Helô, Dad.'

'Helô, Yunis. Diwrnod da yn yr ysgol?'

'Grêt, diolch.'

'Reit 'te. Gartre â ni.' Trodd ei dad drwyn
y car i gyfeiriad y ffordd osgoi. 'Byddwn ni
gartre mewn ugain munud,' meddai.

'Grêt,' atebodd Yunis.

Ond wrth iddyn nhw agosáu at y
briffordd, newidiodd wyneb ei dad.

'O na,' meddai. 'Edrych ar y traffig.'

Roedd dwy lôn o draffig ar stop mor

bell ag y gallen nhw weld ac roedd cyrn i'w clywed yn canu yn y pellter.

Suddodd calon Yunis.

Ar ôl chwarter awr o symud yn araf, araf a'i dad yn dweud dim, trodd y car oddi ar y briffordd.

'Driwn ni fynd y ffordd hyn . . . trwy'r Fro.'

Amneidiodd Yunis â'i ben eto. Roedd e am i'w dad weld ei fod yn cytuno â beth bynnag roedd yn penderfynu ei wneud. Cytuno gydag unrhyw beth roedd e'n ei benderfynu. Ond roedd y ffyrdd bach yn

brysur hefyd. Nid tad Yunis oedd yr unig un oedd wedi penderfynu mynd y ffordd honno. Ar ôl dros hanner awr ar yr heolydd llai, gwnaeth ei dad ei ffordd yn ôl i'r briffordd.

Roedd dros awr wedi pasio ers iddyn nhw adael yr ysgol ac roedd llai nag awr tan y byddai'n rhaid iddyn nhw adael i fynd i'r Academi – gan gymryd fod y traffig yn iawn erbyn hynny. Digon tawel fuodd ei dad am dipyn ond gallai Yunis ei weld yn dal y llyw mor dynn nes bod ei migyrnau'n dechrau troi'n wyn.

Tynnodd Yunis ei lyfr Cymraeg o'i fag a dechrau darllen dros ei nodiadau ar y cerddi. Gobeithiai y byddai hynny'n gwneud i'w dad fod yn llai blin ond ddywedodd e ddim gair o hyd.

Unwaith iddyn nhw gyrraedd gartre, cydiodd Yunis yn ei frechdan cyn gadael yn syth i fynd i'r Academi. Dim amser i weithio

felly. Dim amser i fwyta. Dim ond amser i'w
fam a'i dad gael sgwrs fer yn y gegin.

Gyrron nhw 'nôl ar hyd yr un ffordd
ag y daethon nhw. Mwy o draffig. Mwy o
waith ar y ffordd. Mwy o ganu corn. Ond
roedd ei dad yn dal yn dawel. Byddai'n well
gan Yunis ei glywed yn gweiddi. Roedd
y tawelwch yma'n waeth. Roedd e eisiau
gwybod beth oedd ar feddwl ei dad; cafodd
wybod yn ddigon cyflym pan gyrraeddon
nhw Gaerdydd.

'Yunis?' meddai ei dad.

'Ie?' A dyna ni. Roedd Yunis yn gwybod. Syllodd ar y caeau hyfforddi drwy'r coed.

'Sori. Ond dyma fydd dy dro olaf di yma'n yr Academi. Ar ôl heddiw dwi am i ti roi'r gorau i ddod i chwarae pêl-droed i Gaerdydd.'

Syllu ar ei ddwylo roedd ei dad wrth siarad. Edrychodd Yunis arno, ei lygaid yn llenwi â dagrau cyn iddyn nhw ddechrau llifo dros ei fochau.

Y Tro Diwethaf

A eth Yunis i mewn i'r Academi yn ôl ei arfer. Aeth trwy'r drysau gwydr a heibio'r ddesg yn y dderbynfa. Ond heddiw, roedd yr Academi'n edrych yn wahanol, ddim fel yr edrychai ar ei ddiwrnod cyntaf yno.

Yna sylweddolodd pam.

Roedd popeth yn ymddangos mor glir heddiw, gan mai *heddiw* oedd y tro diwethaf y byddai'n cael gweld hyn i gyd.

Doedd dim sôn am Craig felly aeth Yunis 'nôl i'r stafell newid. Roedd e'n credu mai fe oedd y cyntaf i gyrraedd ond roedd James yno o'i flaen.

Newidion nhw gyda'i gilydd a rhedeg allan i'r cae i gicio pêl.

Wrth iddyn nhw adael, dyma nhw'n clywed sŵn Ryan yn pigo ar Tomas eto y tu allan i'r stafell newid.

'Ti ddim yn gallu siarad Cymraeg na Saesneg yn iawn, Tomas. Well i ti ymarfer achos alli di ddim disgwyl i ni ddysgu siarad Pwyleg.'

'Pam na all Ryan roi'r gorau i bigo ar Tomas?' holodd James.

Ysgydwodd Yunis ei ben. Doedd e ddim yn cytuno â barn Ryan o gwbwl.

'Ti'n dawel heddi,' meddai James wrth iddyn nhw gerdded at y cae.

Am ddeng munud ciciodd Yunis a James y bêl yn hir ac yn gywir at ei gilydd. Roedd James yn pasio'n wych; y bêl yn glanio wrth draed Yunis bob tro. Canolbwyntiodd Yunis ar reoli'r bêl â'i gyffyrddiad cyntaf ac yna'i chicio 'nôl at draed dawnus James.

Teimlai Yunis ar ben ei ddigon yn gallu bod yno, yn Academi Caerdydd chwarae'n hyderus ac yn meithrin tipyn o ddealltwriaeth gyda mab rhywun oedd wedi chwarae i Gymru.

Allai e ddim credu fod y cyfan ar fin dod i ben.

Chwaraeon nhw gêm lawn wrth ymarfer. Wyth bob ochr.

'Reit, bois,' meddai Phil Richards. 'Dwi

eisiau gêm gyflym. Un cyffyrddiad. Dim ond pasio a symud. Pasio a symud. Pasio a symud.'

Roedd Craig wedi cyrraedd gyda Phil wrth i'r sesiwn ymarfer ddechrau.

'Siarada i â ti wedyn,' meddai Craig wrth Yunis.

'Iawn,' meddai Yunis.

Roedd y gêm yn un gampus. Roedd yr holl waith ymarfer pasio wedi bod o fudd i'r bechgyn. Chwaraeodd Yunis yn y blaen gyda Wil. Er i'r chwarae cyflym, mentrus

hwn fethu â dwyn ffrwyth bob tro – fe dalodd ar ei ganfed ar yr achlysuron eraill, a doedd yr amddiffynwyr ddim yn gallu delio â nhw.

Y foment orau oedd pan giciodd Yunis y bêl at Cai a basiodd hi'n syth at Wil. Roedd Yunis wedi parhau â'i rediad ac roedd e bellach yn rhydd ar ymyl y cwrt cosbi. Llwyddodd pas gywir, gyflym Wil ei gyrraedd a chyda'i gyffyrddiad cyntaf yntau, gwthiodd Yunis y bêl at draed James. Ffugiodd yntau ei ergyd gan basio'n berffaith ymlaen at Wil. Un cyffyrddiad cywir arall ac roedd gan Yunis gyfle gwirioneddol, ddeg metr o'r gôl.

Heb oedi, fe drawodd y bêl yn gwbwl gywir. Am symudiad. Am ergyd. Am gôl!

'Stopiwch y gêm,' gwaeddodd Phil.

'Perffaith, bois, perffaith. Sgiliau a symud gwych, fechgyn. Yunis, byddai'r amddiffynwyr gorau mewn unrhyw dîm yn ei chael hi'n anodd amddiffyn yn dy erbyn di heddi.'

Gwenodd Yunis ac edrych draw at y criw rhieni. Edrychodd ar bob un yn ei dro. *Oedd ei dad yno, tybed? Oedd e wedi dod i'w wylio'n chwarae am unwaith?*

Na. Dim gobaith.

Rhedodd Craig draw at Yunis wrth i'r tîm fynd 'nôl i'r stafelloedd newid.

'Siarades i â Phil,' meddai allan o wynt.

Roedd Yunis yn teimlo'n sâl. Doedd e'n dal heb ddweud wrth unrhyw un mai dyma oedd ei ddiwrnod olaf yn yr Academi.

'Gwranda,' meddai Yunis. 'Mae gen i rywbeth i'w ddweud wrthot ti.' Rhyfeddodd ei fod yn dewis dweud wrth Craig yn gyntaf. Gwilym oedd ei ffrind pennaf.

'Na, gwranda di,' meddai Criag. 'Dwi wedi cael syniad. Fe ofynnais i i Phil os allen ni ddefnyddio un o'r stafelloedd dosbarth – y rhai maen nhw'n eu defnyddio ar gyfer y tîm dros un ar bymtheg.'

'Dwi'n gadael,' meddai Yunis.

Ond doedd Craig ddim wedi'i glywed ac fe ddaliodd ati i siarad. 'A wedodd Phil fod hynny'n iawn. Allwn ni ddefnyddio un o'r stafelloedd – unrhyw bryd o dri tan chwech am y ddwy noson ry'n ni'n ymarfer.'

Edrychodd Yunis ar Craig. Teimlodd rywbeth yn corddi y tu mewn iddo. Rhywbeth nad oedd wedi teimlo ers dyddiau, wythnosau hyd yn oed.

Gobaith.

Pobol Pêl-droed

'**M**r Khan?'
Edrychodd tad Yunis i fyny
o'i liniadur a gweld dyn mewn
tracwisg yn curo ar ffenest ei gar.

Yn syth, teimlai'r gofid roedd bob amser
yn ei deimlo o gwmpas pobol pêl-droed – fel
pe bai'n blentyn eto. Ond fe agorodd y drws
a chamu allan o'r car.

'Dy'n ni ddim wedi cwrdd,' meddai Phil.
'Phil Richards ydw i. Rheolwr tîm Yunis.'

Dyma'r ddau'n ysgwyd llaw. Dau ddyn
pwysig ym mywyd Yunis.

Meddwl fod Phil eisiau siarad am y

ffaith fod Yunis yn gadael roedd tad Yunis.
Meddyliodd ei fod, o bosib, yn mynd i geisio
newid ei feddwl.

'Ro'n i eisiau siarad â chi am syniad
y bechgyn,' meddai Phil.

Edrychodd tad Yunis arno'n betrusgar.

Roedd rhan ohono eisiau gwenu. Roedd
Yunis wedi meddwl am ryw syniad neu
gynllun i gael aros yn yr Academi, felly.
Dyna oedd un o'r pethau roedd e'n garu am
ei fab – roedd e wastad yn meddwl am ffyrdd
newydd o wneud pethau.

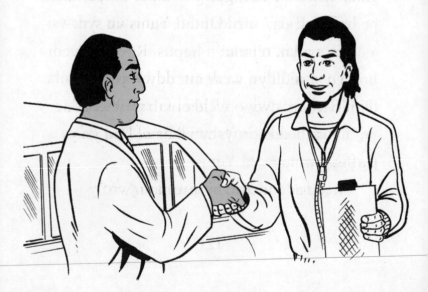

'Sori?' meddai tad Yunis. 'Pa syniad?'
Cyn iddo gael cyfle i ddweud ei fod yn tynnu
Yunis allan o'r Academi, torrodd Phil ar ei
draws.

'Y syniad gafodd e a Craig . . . chi'n
nabod Craig?'

'Na'dw,' gwgodd tad Yunis. 'Sori . . .'

'Maen nhw wedi gofyn i gael defnyddio
un o'r stafelloedd dosbarth fan hyn am ddwy
awr cyn bob ymarfer er mwyn gwneud eu
gwaith ysgol. Dwi'n gwybod fod hyn yn
rhywbeth sy'n poeni llawer o'r rhieni. Falle y
gallai mwy o'r bechgyn wneud yr un peth.'

'Syniad da,' meddai tad Yunis yn syn.

Yn sydyn, teimlai'n hapus. Roedd e wedi
bod yn eistedd yn y car am ddwy awr yn
teimlo'n ofnadwy o weld ei fab mor drist ac
yn difaru bod mor fyrbwyll ar ôl bod yn y
traffig trwm.

'Ie,' meddai eto. 'Syniad da iawn.'

'Grêt,' meddai Phil. 'Hefyd, ro'n i eisiau
cadarnhau . . .' Ond stopiodd Phil siarad.
Doedd tad Yunis ddim yn edrych arno.
Roedd e'n syllu dros ei ysgwydd.

Edrychodd Phil o'i gwmpas. Roedd tad
Yunis yn syllu ar dad James oedd wrthi'n
siarad â rhai o'r tadau eraill.

'Ydych chi'n adnabod Jac?' meddai Phil.

'Jac?' meddai tad Yunis.

'Jac Cunningham?'

Nodiodd tad Yunis ei ben. 'Ydw. Wel,

dwi'n gwybod amdano. Dwi jyst heb ei weld ers ugain mlynedd.'

'Fe wna i eich cyflwyno chi.'

'Na, mae'n iawn,' meddai tad Yunis. 'Beth oeddech chi'n ddweud?'

'Ynglŷn â Warsaw. Alla i gadarnhau fod Yunis *ddim* yn dod? Jyst ar gyfer y ngwaith papur?'

'Warsaw?

'Y daith?' meddai Phil. 'I Wlad Pwyl? I chwarae yn y twrnament?'

Sylweddolodd tad Yunis beth oedd yn digwydd. Roedd y tîm yn mynd ar daith i Wlad Pwyl ac roedd Yunis yn rhy ofnus i ofyn am gael mynd.

Pwysodd ar lyw ei gar yn gwylio Phil yn cerdded 'nôl at yr Academi. Roedd tipyn o waith meddwl ganddo i'w wneud.

Cic Rydd

Cymerodd Yunis anadl ddofn cyn mynd am y gic rydd.

Ugain metr allan. Pedwar dyn yn y wal. Y gôl-geidwad yn sefyll i'r dde o'r gôl.

Teimlai'n dda. Yn dda iawn. O'r diwedd roedd yr ofn fod ei dad yn mynd i'w dynnu allan o'r Academi wedi mynd. Roedden nhw wedi trafod y peth ar ôl y sesiwn ymarfer ddydd Mercher wedi i'w dad fod yn siarad â Phil. Ac roedd ei dad wrth ei fodd â'r syniad o'r stafell ddosbarth. Roedd Yunis wedi bod yn gweithio'n galed iawn ers

hynny, diolch i Craig. Teimlai fel y gallai
gadw i fyny gyda'i waith ysgol a bod yn yr
Academi heb broblem o gwbwl.

Doedd dim cymaint o ots ganddo nawr
nad oedd ei dad yn dod i'r holl gêmau fel
y tadau eraill. Roedd gwybod fod ei rieni
bellach yn ei gefnogi gant y cant yn ddigon
i Yunis. Byddai'n dda eu cael nhw'n gwylio,
wrth gwrs, ond allai e ddim cael y cwbwl, ac
roedd e'n derbyn hynny.

Llygadodd y gôl.

Chwythodd y dyfarnwr ei chwiban.

Gallai'r gic hon ddod â nhw'n gyfartal yn erbyn Man U a chadw'u record o gêmau diweddar heb golli.

Camodd yn hyderus at y bêl a'i tharo'n galed ac yn isel. Unwaith i'w droed gysylltu â'r bêl, sylweddolodd y byddai angen gôl-geidwad da iawn i'w harbed hi.

Taflodd y gôl-geidwad ei gorff tuag at y bêl ond roedd Yunis wedi mesur ei ergyd i'r dim. Er gwaethaf ymdrechion y gôl-geidwad i ymestyn pob gewyn o'i gorff allai e ddim cael blaen ei fysedd ar y bêl. Gôl gofiadwy arall i Yunis!

Craig oedd y cyntaf i ddod draw ato i'w longyfarch.

'Gwych, mêt. Gwych.'

Daeth Gwilym draw hefyd. Wedyn Ryan a Sam a James a Cai.

Edrychodd Yunis draw at yr ystlys
a gweld Phil yn edrych arno. Roedd yn
pwyntio'n egniol tuag at ochr arall y cae.

Syllodd Yunis ar y rhieni'n dathlu wrth
iddo redeg yn ôl i'w safle.

Sylwodd ar fam Ryan. Doedd hi'n bendant
ddim yn wên o glust i glust – ei breichiau
wedi'u plethu, yn flin, siŵr o fod, nad oedd
Ryan wedi gallu cymryd y gic ei hunan.

Ond roedd tad Gwilym yno, yn gwenu
yn ôl ei arfer!

A dyna lle roedd ei dad *e* hefyd.

Stopiodd Yunis redeg. Safodd yn ei unfan. Roedd ei dad yn curo'i ddwylo ar yr ystlys. A phan welodd ei fab yn edrych arno'n syn, cododd ei law. Roedd hynny'n golygu popeth i Yunis.

'Dere,' meddai'r dyfarnwr. 'Wyt ti'n mynd i sefyll fan'na drwy'r dydd?'

Cododd Yunis law yn ôl a gwelodd ei dad yn troi i siarad â thad James. Oedd e'n sylweddoli ei fod yn siarad â'i arwr o ugain mlynedd yn ôl?

Balchder

Cyfartal oedd y sgôr ar ddiwedd y gêm – un gôl yr un. Canlyniad teg. Ond doedd dim ots gan Yunis pe bydden nhw wedi ennill, dod yn gyfartal neu golli. Roedd e jyst eisiau mynd i siarad â'i dad a diolch iddo.

Ond doedd e ddim yn gallu'i weld.

Suddodd ei galon. *Ai dychmygu ei weld yno wnaeth e?*

Yna teimlodd fraich o gwmpas ei ysgwyddau. I ddechrau, roedd e'n credu mai

Phil oedd yno, ond roedd hwnnw'n cerdded o'i flaen yn siarad â Ben a Ryan.

Edrychodd Yunis i fyny.

Ei dad oedd yno.

'Y gôl 'na sgories di, Yunis.'

'Beth?'

'Ro'dd hi'n wych. Wir, yn wych. Do'n i ddim yn gwybod dy fod ti cystal . . .' Safodd ei dad.

Gallai Yunis fod wedi dweud, 'Y rheswm am hynny yw dy fod ti ddim

wedi dod i 'ngweld i cyn nawr.' Ond wnaeth e ddim. Doedd e ddim eisiau gwneud i'w dad deimlo'n wael. Doedd dim pwynt nawr.

Cerddodd y ddau gyda'i gilydd yr holl ffordd 'nôl i'r stafell newid.

'Dad?'

'Ie?'

'Wyt ti'n gwybod gyda phwy oeddet ti'n siarad wrth ochr y cae?'

'Tad James?'

'Ie.'

'Pam wyt ti'n gofyn?'

'Mam ddwedodd wrtha i am sut oeddet ti arfer mynd i wylio Caerdydd yn chwarae. Ac mai Jac Cunningham oedd un o dy arwyr di.'

'Arwyr?'

'Ie, arwyr.'

'Ro'n i'n gwybod pwy oedd e. Wnaeth

Phil Richards ein cyflwyno ni. Buon ni'n siarad.'

'Beth ddwedodd e? Wnes di fwynhau siarad gydag e?'

'O do, Yunis,' meddai ei dad. 'Ac wyt ti wir eisiau gwybod beth ddywedodd e wrtha i?'

'Wrth gwrs 'mod i.'

'Ddywedodd e mai fy mab i yw un o'r ymosodwyr gorau dan ddeuddeg y mae e wedi'i weld. Ac y dylwn i fod yn falch iawn. Ac y gallai dyfodol disglair fod o flaen fy mab i.'

Ddywedodd Yunis ddim byd am funud.
Yna trodd at ei dad.

'Ac wyt ti?'

'Beth?'

'Yn falch?'

'Ydw, dwi'n falch Yunis. Dwi'n falch
iawn dy fod ti wedi llwyddo fel hyn. Heb
unrhyw gefnogaeth wrtha i. A dwi'n
gobeithio y gwnei di ddal ati, achos o hyn
ymlaen, fe gei di 'nghefnogaeth i.'

Gwenodd Yunis.

Dyma beth oedd diwrnod da. Diwrnod
da iawn.

'Ac Yunis,' meddai ei dad.

'Beth?'

'Dwi wedi rhoi siec i Mr Richards. Dwi
eisiau i ti fynd i Wlad Pwyl. Os mai dyna
beth wyt ti eisiau, wrth gwrs.'

'Ti'n tynnu 'nghoes i?' meddai Yunis.

'Ydw i'n un sy'n tynnu coes fel arfer?' holodd ei dad.

Meddyliodd Yunis am eiliad. *Doedd ei dad byth yn tynnu coes? Nac oedd.*

'Na,' meddai Yunis yn ofalus. Doedd e ddim am i'w dad feddwl ei fod yn bod yn feirniadol ond roedd e eisiau bod yn onest.

'Falle y dylwn i ddechrau 'te,' meddai ei dad.

A cherddodd Yunis gyda'i dad i gyfeiriad y stafelloedd newid fel pob bachgen arall.

Dydd Sul 6 Tachwedd

Caerdydd 1 – Man U 1

Gôl: Yunis

Cardiau melyn: dim

Marciau allan o ddeg i bob chwaraewr gan reolwr y tîm dan ddeuddeg:

Tomas	7
Connor	8
James	8
Ryan	7
Craig	7
Cai	8
Sam	6
Wil	6
Gwilym	6
Yunis	8
Ben	6

Hefyd yn y gyfres

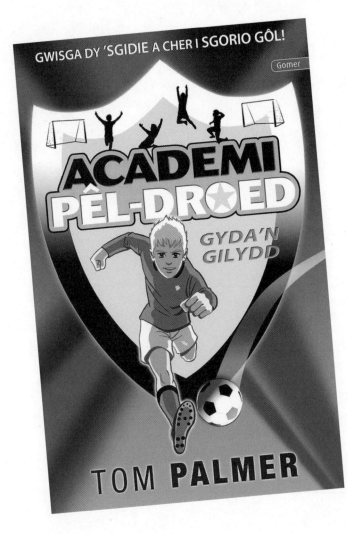